보광동
안개소년

보광동
안개소년

박진규 장편소설

자음과모음

차 례

1부/
밤의 거리

1.

나는 밤에 돌아다녀요.

늦은 밤 좁은 욕실에서 뜨거운 물로 샤워를 하죠. 몸을 씻고 나서 세수할 때 비누칠은 한 번에 끝내지 않아요. 여러 번 씻고 또 씻습니다. 그리고 거울과 마주 봅니다, 질끈 두 눈을 감는 건 잊지 않고서.

신사 숙녀 여러분, 마법의 시간을 기대하세요!

눈을 떠요. 코를 찡긋거리고 고개를 갸웃거립니다. 손등으로 비벼 보지만 여전히 눈앞은 흐릿해요. 욕실 거울에 뿌연 안개로 가려진 얼굴이 비칩니다. 흐릿할 뿐 눈코입은 어디에도 없어요.

아무것도 달라지지 않습니다.

나는 늘 안개얼굴로 안개 속을 걷고 있어요. 비누로 아무리 닦아 낸들 내 얼굴은 뿌옇고 흐릿합니다.

나는 거울을 향해 욕을 합니다. 건달처럼 잇새로 면도칼 조각이 팍팍 터져 나올 법한 욕설입니다. 말만 사납지 절대 화난 표정이 안 보입니다. 그저 흐릿한 안개얼굴만 보일 뿐. 큰 소리로 한 번 더 욕을 해요. 재미가 없어 주먹으로 거울을 깨는 상상을 합니다.

날카로운 유리 조각으로 내 얼굴을 그으면 어떨까요? 피가 흐를까요? 흉터가 남을까요? 아무리 깊은 흉터가 생겨도 절대로 안 보일걸요.

나는 안개소년. 벗어날 수 없어요.

태어날 때부터 안개를 뒤집어쓰고 나온 인간이 있습니다. 그를 받는 순간 간호사는 열 손가락을 팔랑대며 비명을 질렀을 겁니다. 하지만 안개소년은 머리에 뿔이 돋거나 이빨이 삐죽삐죽하거나 뱀 혓바닥을 날름대지 않습니다. 악마도 괴물도 아닙니다. 그저 가스등 불빛처럼 뿌연 안개에 가려져 얼굴이 안 보일 따름이죠.

안개는 나와 함께 쑥쑥 자랐습니다. 할머니와 더불어 지금까지 늘 내 옆에 있어 준 존재가 얼굴을 뒤덮은 안개인 거죠. 내가 가는 곳 어디든 뒤따라옵니다. 어린 시절에는 시야가 흐릿해 제대로 걷기 어려웠어요. 더듬더듬 걷다 하도 넘어져서 무릎과 이마에 흉터가 사라질 날이 없었습니다. 문지방에 걸려 쿵, 계단을 내려가다 철퍼덕, 바로 옆에 놓인 가구 다리에 발이 걸려 꽈당. 하지만 이젠 안개얼굴로 걷는 법을 알아요. 더는 안 넘어져요. 안개는 말없이 날 훈련시킨 코치입니다. 안개는 나를 보호하는 사각의 링이죠.

아빠는 안개가 아니었습니다. 아빠는 나와 엄마를 버리고 일찌감치 도망갔습니다. 어차피 혼인신고 없이 처가살이하던 총각 아빠니까요. 팔팔한 이십 대였던 아빠는 코가 서양 남자처럼 큼지막해서 씩씩거릴 때면 콧바람이 어마어마했다고 할머니가 그랬어요. 머리가 좀 나쁘고 생각이 없는 게 흠이었지만 얼굴에서 빛이 났대요. 아빠는 태양, 아들은 안개.

아빠는 자기와 똑 닮은 잘생긴 아들을 원했습니다. 하지만 뿌연 안개로 덮인 꼬물대는 괴물을 보자 오만정이 다 떨어졌죠. 담배만 늘던 아빠는 내 얼굴에 침까지 뱉었대요. 물론 그건 할머니 말이고, 엄마 말로는 내가 불쌍해 눈물을 뚝뚝 흘렸다는군요. 어쨌거나 아빠의 얼굴은 기억이 안 납니다. 가끔 아빠의 감촉을 기억해 보려고 잠자리에 누워 허공에 침을 뱉어요. 침이 안개 속으로 뚝 떨어져 살갗에 닿아요. 뺨을 타고 흘러내린 눈물 같은 감촉의 침을 손등으로 닦아냅니다.

엄마는 좀 달라요. 엄마에 대한 기억은 생생합니다. 엄마는 새벽에 울면서 나를 떼어 놓고 도망갔어요. 까치설날이었어요. 나는 엄마의 치맛자락을 붙잡고 울었어요. 여섯 살 때지만 아주 생생합니다. 내 울음소리가 어른어른. 다리 부러진 까치마냥 깍깍깍깍, 그렇게 울었어요. 엄마는 멀리 떠나기 전 안개 속으로 손을 뻗어 내 얼굴을 어루만졌죠.

"내 아가, 넌 괴물이 아니야."

엄마는 내 얼굴이 축축한 게 다라는 걸 아는 이 세상 하나뿐인 사람입니다.

내 얼굴을 마지막으로 쓰다듬어 주고 엄마는 그렇게 도망쳤죠. 호적상으론 너무너무 깨끗한 처녀라서. 립스틱을 바르면 입술이 탐스럽고 아이라인을 그리면 눈동자가 아련하게 초롱거렸죠. 가냘픈 몸으로 사뿐사뿐 새처럼 걷노라면 남자들은 다리에 힘이 풀려 비틀거렸죠. 다만 화장 안 한 민얼굴은 졸려 보였어요. 눈이 처지고 눈썹은 희미했죠. 언제나 멍한 눈으로 지금 이 삶에서 도망칠 수 있을 법한 먼 곳을 바라보곤 했죠.

비록 나를 버리긴 했지만 엄마는 아들을 잊진 않았어요.

매년 설이면 발신인을 알 수 없는 소포가 도착합니다. 보내는 주소가 빈칸이지만 엄마가 틀림없죠. 어떻게 아느냐고요? 꼬맹이 때부터 지금까지 늘 후드티를 보내니까요. 내 옷장 안엔 모자 달린 옷들만 하나 가득입니다. 얇은 후드, 두툼한 후드, 오리털 후드, 후드 달린 민소매 티 등등. 알아서 얼굴 좀 가리고 다니라는 뜻이겠죠.

후드를 뒤집어쓴 안개소년은 할머니 손에 자랐어요. 할머니는 절대 내 얼굴을 만지지 않아요. 잘생긴 사위는 일찌감치 떠나고 빗자루 반 토막 같은 외동딸까지 사라졌죠. 할머니에게 남은 건 앙상한 몸집에 자글자글해진 얼굴, 하나뿐인 손자이자 안개소년인 나. 그런데도 할머니는 내 얼굴을 만지지 않아요. 우리 집안의 모든 서러운 한이 고여 있다면서 말이죠. 할머니 말에 따르면 세월의 한스러움이 할머니와 할아버지를 지나 엄마와 아빠를 거치며 달여졌답니다. 고로 긴긴 세월 한의 엑기스가 나의 안개라는 겁니다. 어렸을 적엔 그 말을 믿었지만 이제는 헛소리라고 생각하죠.

여자가 한을 품으면 오뉴월에 서리가 내린다지만 한이 안개로 응결된다는 건 좀…….

원래 할머니는 거짓말과 참말과 슬픔과 기쁨을 섞어서 우스꽝스러운 헛소리로 만드는 재주가 탁월한 양반입니다. 독한 양담배를 피우면서 부슬부슬 떠들죠. 피난민들이 북에서 내려와 보광동에 판자촌을 이루고 살던 때부터, 미군들 때문에 들썩들썩 아메리칸 스타일로 화려하던 시절을 거쳐, 재개발로 동네가 어수선해진 요즘 이야기까지. 할머니는 눈으로 보고 귀로 주워들은 이야기를 맛깔나게 요리합니다. 배고프고 슬픈 시절도 할머니가 말하면 모두 유쾌하게 들리죠. 묵직한 곗돈을 탈 찰나에 훅 털린 이야기나 평화시장에서 장사하다 사기당해 홀랑 날려 먹은 이야기까지 재밌는 모험담으로 요리합니다. 그래서 나는 바깥에 나가 사람들과 말을 섞지 않지만 알게 되었죠. 텔레비전에서 보여 주는 세상보다 훨씬 우스꽝스러운 바깥을 익히.

샤워를 끝내고 욕실에서 나와요. 어둠 속에서 할머니가 쿨쿨대며 코 고는 소리가 들려요. 할머니는 반지하방에 찹쌀떡처럼 붙어 있으라고 신신당부하죠. 그 이유를 난 압니다. 사람들은 안개를 무서워하죠. 짙은 안개 속을 걸어 봤나요? 축축해요, 머리에서 발끝까지 허연 곰팡이가 피어오를 것처럼. 그러니 얼굴에 안개를 덮어써 눈코입이 보이지 않는 남자를 마주치면 나라도 놀라 부침개처럼 뒤집어질 겁니다.

나는 후드티를 입으며 생각했어요.

안개 없는 인간들이여, 나는 당신들을 이해합니다. 나는 불쾌함이며 이 세상에 존재하지 말았어야 할 존재입니다. 사실 나는 대한민국에 없는 사람입니다. 아무도 나를 출생신고 하지 않았으니까요. 없는 사람이나 귀신이나 다를 바가 뭐겠어요.

"있잖아, 왜 사람들이 날 무서워해?"

콧수염이 나지 않던 진짜 리얼 꼬마였던 시절에 할머니에게 물었을 때, 그 대답이 걸작이었습니다.

"우스운 자식, 뭘 그렇게 당연할 걸 묻고 그러니. 넌 달걀귀신이랑 똑같잖니."

"달걀귀신이 뭔데?"

"얼굴이 민둥민둥한 총각귀신."

양재기 속 쓸쓸한 삶은 달걀처럼 나는 반지하방에서 낮에 홀로 빈둥거려요. 곰팡이 냄새 그득한 반지하방으로 들어오는 희미한 햇빛이 내가 아는 유일한 빛. 그 빛에 의지해 할머니가 주워 온 신문과 잡지들을 읽으며 안개를 키웠습니다. 한번은 어린이용 백과사전 전집을 할머니가 어디선가 주워 왔어요. 흐릿하게 보이지만 나는 글자를 읽을 수 있었어요. 길거리에서 주워 온 글들은 안개에 숨겨진 채로 무리 지어 춤을 춥니다. 길바닥에 내버려진 동화 전집이나 세계문학 전집도 그렇게 안개도서관에 들어왔죠. 나는 안개도서관에서

책을 읽는 하나뿐인 귀신입니다. 안개 속에서 글들은 멋대로 돌아다닙니다. 바퀴벌레 왕자, 꼽등이 공주, 초파리 교사, 모기 신부, 돈벌레 요리사처럼. 해가 지면 텔레비전이 나와 놀아 주었죠. 브라운관 안에 사는 작은 사람들은 잘 분간이 가지 않아요. 아름답거나 추하거나 똑같이 흐릿할 따름이죠.

자, 안개소년의 외출 준비가 거의 끝났습니다. 밤이 오면 이렇게 몰래 집 밖으로 나가죠. 원래 안개는 밤에 짙어지는 법. 밤에는 내가 나가거나 말거나 할머니는 신경 쓰지 않아요. 장미 넝쿨이 그려진 담요를 덮고 주무시거든요. 사실 잠들지 않았지만 잠든 척하는 거 티가 나요, 할머니. 기침이 나오려 하면 엉덩이에 힘을 주다 방귀가 터지는 거. 자면서 기침을 하는 건 이상하고 방귀를 꾸는 건 괜찮다? 낮에는 밖으로 나가면 안 되지만 밤의 외출은 용서해 준다?

도대체 왜 그렇게 당신은 헛소리만 잘하는 논리 박약 노파인가요, '로즈마리'. 몸에서 풍기는 늙은이 냄새를 로즈마리 냄새라 부르라는 이상한 나의 할머니, 로즈마리.

잘 자요, 로즈마리. 더는 안 따질 테니 밤새도록 실컷 코나 고세요. 침을 줄줄 흘려도 괜찮아요. 아무도 볼 사람이 없어요. 달걀귀신 손자는 축축한 반지하방에서 이제 나갈 거니까! 나는 후드를 깊숙하게 눌러써 얼굴을 최대한 가려요. 널찍한 마스크로 입을 만듭니다. 물안경처럼 커다란 선글라스로 눈을 만들죠. 선글라스에서 희미하게 묵은 화장품 냄새가 납니다. 1970년대 로즈마리가 한창 미제 물건 장사로 서울 바닥 돈을 긁을 때 썼던 선글라스거든요. 그때 썼던 외제 화장품의 로션 성분이 로즈마리라는군요.

자, 선글라스까지 썼으니 이젠 외출 변신 완료.

2.

보광동 반지하방에서 나와 밤거리를 걷습니다. 옛날에는 한남대교를 지나 강남 신사동까지 걸었어요. 그런데 늦게까지 강을 건너는 버스 노선이 생겨 요즘은 종종 파란 버스 막차를 타곤 하죠.

버스가 멈추면 고개를 푹 숙이고서 올라타요. 동전을 집어넣고 조심조심 자리에 가서 앉습니다. 선글라스를 쓴 운전기사는 나에게 별 관심을 기울이지 않습니다.

손님이 거의 없거나 있어도 취하거나 반쯤 넋을 놓은 얼굴의 사람들을 실은 막차. 이태원에서 온 이 버스는 보광동에서 나를 싣고 한남대교를 지나 신사동으로 떠납니다. 이태원 밤거리에서 묻어온 밤공기엔 양고기와 외국인의 암내가 섞인 누린내가 폴폴 풍겨요. 신사동에서 내리면 밤공기에서 마

늘 넣고 구운 삼겹살 냄새가 풀풀대죠. 고기, 공기, 공기, 고기. 서울의 밤공기엔 불에 그슬린 고기 냄새가 밤하늘의 반짝반짝 별만큼이나 가득합니다.

전요, 시야가 흐릿한 대신 냄새에 민감합니다. 소리도 잘 듣죠. 몇 좌석 건너 건너에 앉은 중년 남자가 명품 서류가방으로 벨트 아래를 가리고 사타구니를 긁는 소리까지 들리네요. 물론 사면발니가 남자의 불알을 깨작깨작 깨무는 것까지는 못 들어요. 전 사이보그 소머즈가 아니라 살기 위해 귀가 예민해진 안개소년이니까요.

안개소년이란 별명은 직접 붙였습니다. 로즈마리가 부르는 대로 스스로를 달걀귀신이라 부르기는 싫었거든요. 힌트는 텔레비전에서 얻었죠. 텔레비전 만화 채널에는 언제나 많은 소년들이 등장하니까요. 쿵후 소년, 마법 소년, 태양 소년, 태권 소년 등등.

그렇다면 다른 사람은 나를 어떻게 볼까요?

마침 베이지색 스웨터를 입은 아주머니가 대각선 쪽에 앉아 나를 힐끔대는군요. 선글라스와 마스크로 위장하고 후드를 덮어썼으니 안개를 들키진 않았겠죠. 내가 그쪽을 선글라스 너머로 바라보자 시선을 피하네요.

"저기, 아주머니, 왜 자꾸…… 나를 쳐다보세요?"

내 목소리는 희미하고 작았어요. 황해 한복판에 떠 있는 해파리를 닮은 허연 비닐봉지가 파도의 물결을 타며 부끄럽게 바스락대듯.

아주머니는 살짝 턱을 치켜들고 나를 다시 보았어요. 화장기 별로 없는 작은 눈이었지만 뭐랄까 잘 교육 받은 사람의 교양이 엿보였어요. 그녀가 칼을 들었다면 생선 대가리를 댕강 자르고 씩 웃는 이미지가 아니에요. 사과를 모범생 아들 머리 깎듯 단정하게 깎아 내는 이미지죠.

"미안해요."

여자의 목소리는 예상대로 차분하고 예의 발랐습니다.

"아니에요, 말씀해 주세요. 내가 좀 이상해 보이나요?"

나도 여자의 목소리를 흉내 내 예의 바르게 물었어요.

여자는 놀란 눈치였지만 교양 있는 얼굴을 잃지 않았어요. 텔레비전을 보며 오랜 시간을 보낸 나는 드라마 주인공의 목소리를 단숨에 따라 합니다. 텔레비전 속 사람들의 얼굴이 희미하니 목소리로 인물을 분간하죠. 그 습관이 몸에 배어 상대의 목소리를 듣자마자 비슷하게 따라 하죠. 어렵지 않아요. 개구리가 혀를 내밀어 파리를 잡듯 타인의 목소리를 낚아채 아주 잠깐 복사.

"아, 겁먹지 마세요. 솔직히 말해 주세요. 내가 어디가 이상한지."

만일 그 여자가 안개를 보았다고 말한다면, 아니 혹시 달걀귀신이냐고 묻기만 해도 마스크를 벗을까 생각했어요. 보이지 않는 입이 간질거려서.

"미안해요, 난 그냥 안쓰러워서. 고통스러운가요?"

"아니요, 그냥 밤에만 돌아다니거든요."

"어쩌다 그런 사고를 당했죠. 집에 화재가 났었나요?"

나는 마스크를 벗으려고 올렸던 손을 다시 내렸습니다.

조금 떨어진 자리에서 보면 살짝 드러난 안개는 불꽃처럼 이글거리나 봐요. 혹은 불꽃에 그슬려 엉망으로 변한 살갗으로 보이거나. 하지만 그녀가 더 가까이, 그러니까 바로 내 옆에 앉았다면, 확실하게 알 겁니다. 뺨을 쓰다듬으면 희미한 얼굴은 축축할 뿐이라는 것까지. 그리고 내 얼굴의 안개는 싸구려 립스틱처럼 쉽게 묻어나지 않아, 아주머니.

Change the Channel!

3.

쇳소리가 섞인 금속성의 불량 목소리. 성대에 철가루가 박힌 듯 탁한 쇳소리라 다들 나를 오해해. 후드와 마스크와 선글라스에다 쇳소리까지, 이것은 최악의 범죄 조합. 하지만 누구도 나를 안개소년으로 여기지는 못하지.

안개소년이라니, 누가 그런 듣도 보도 접하지도 못한 걸 믿고 싶겠어?

이해는 해. 다들 살아가기 피곤하니까. 피곤한 일상, 흐리흐리한 사건, 머리만 지글지글. 차라리 확실하게 피곤한 쪽이 덜 짜증 나. 야근으로 인한 피곤, 술로 인해 간이 탱글탱글 부어 피곤, 두 여자를 양쪽에 끼고 일곱 번 쌌더니 불알이 가난한 집 쌀통처럼 텅텅 비어 피곤. 모든 원인이 있어야 피곤도 그럴듯하니까.

파란 버스가 한남대교를 지나 신사동에 도착했어. 나는 파란 버스에서 내렸어. 횡단보도를 건너 신사동 사거리 쪽으로 뚜벅뚜벅 걸어갔지. 신사동 고개 쪽으로 휘파람을 불며 걷는데 요란한 소리가 들리더군. 언덕 쪽에서 남녀가 목청껏 싸우더라고. 나는 텔레비전 속의 사람들을 보듯 그들을 시청했어. 여자는 핸드백으로 남자의 어깨를 내리쳤어. 남자가 아무 말 하지 않고 몇 번을 얻어맞다 여자를 툭 밀쳤어. 종이 인형처럼 팔랑대던 여자가 맥없이 쓰러졌어. 남자가 팔을 붙잡고 일으키려 애썼으나 여자는 그저 가로수 밑에서 울어 버렸어. 실컷. 남자는 욕을 하며 가로수만 발로 찼어.

한 여자애가 역시 언덕에서 벌어진 싸움을 바라보고 있었어. 남녀가 요란스레 치고받는 그 장면을 말이지. 선글라스와 안개 덕분에 그녀는 흑백영화 속 여주인공처럼 보였어. 후드티 차림 여주인공이라니 우스꽝스러웠지만 나쁘지 않았지. 나는 선글라스 너머로 바라봤어. 흐릿한 안개 속에 들어온 여주인공이 더 선명하게 보이도록 눈썹에 힘을 주고. 안개 속에서 바라보는 법을 훈련한 나는 곁에 있는 사람의 모습만은 또렷하게 기억해. 잘린 인상을 다시 꼼꼼하게 머릿속에 되새기고 되새겨서 선명한 완전체로 만드는 거야. 짧은 순간 재빨리, 목소리를 낚아채듯 단숨에 인상을 복사.

그녀의 이마를 반쯤 덮은 앞머리와 살짝 톡 까진 입술은 건방지게 귀여웠어. 나는 선글라스를 썼지만 그녀는 그냥 안경이었어.

내 시선을 느꼈는지 여자아이가 나를 향해 고개를 돌렸어. 브라운관 밖으로 고개를 내밀어 말을 붙였어, 나에게.

"왜 그러고 다녀? 그 선글라스 정말 웃기다. 야밤인데 얼굴에 선크림 엄청 바른 거야?"

겁먹은 말투나 놀리는 말투가 아니었어. 그저 나른하고 피곤에 찌든 뻑뻑한 목소리였어.

"묻지 마, 다 이유가 있는 거니까. 알면 다쳐."

선글라스와 마스크로 가려진 나를 빤히 쳐다보던 여자애

가 나지막하게 웃었어.

"진짜 웃겨. 목소리 좀 그렇게 깔지 마."

나는 웃고 있는 여자애를 좀 놀려 주고 싶었어. 그래서 목소리의 쇳가루를 털어 냈지.

"있잖아, 내 목소리엔 여러 채널이 있어. 넌 어떤 걸 원해?"

그러자 이번에는 좀 당황한 눈치였어.

"지금 내 목소리 흉내 내는 거야? 왜 따라 해?"

"취미."

여자애는 고개를 픽 꺾고는 짧게 웃었어.

"난 내 목소리 듣는 거 별로거든."

"그럼, 얼른 다른 채널로 돌려 보시지."

"좋아, 내가 짝사랑했던 남자애로 할게. 되게 친절하고 나긋나긋했어, 드라마에 나오는 주인공처럼."

"쉽네."

4.

리모컨 고장. 불행한 사태. 아무리 혀를 빽빽 돌려도 난 따라 할 수 없었어. 사랑에 빠진 남자를 흉내 냈지만 혀에 본드를 바른 양 제대로 움직이지 않았지. 가끔 쇳소리가 나고 꼬마처럼 나약해지기도 하고 어쨌든 제멋대로 뒤섞여 엉망진창인 내 목소리만 나왔어. 변성기 소년의 목소리를 닮은, 약간 변태처럼 들리는 후진 목소리였지.

이상한 일이었어. 드라마 볼 때는 두 목소리를 동시에 따라 하기도 하거든. 나는 원빈인 동시에 송혜교, 송혜교인 동시에 현빈. 하지만 단지 후드티를 입은 자그마한 여자애 앞에서 어물거리고 말았던 거야.

"그거, 그 왕눈이 선글라스 좀 줘볼래. 진짜 할머니 안경 같아."

여자애는 내 앞에서 자꾸 웃었지만 이상하게 기분이 나쁘지 않았어. 그 애는 날 두려워하지 않았어. 나를 보고 자신의 처지에 안심하지 않았어. 나를 동정하며 슬픈 표정을 짓지 않았지. 나는 그 애에게 안개를 보여 주기로 결정했어. 나는 편안하게 목소리를 가다듬었어.

"내가 선글라스를 벗으면 무서운 걸 볼지도 몰라."

"나 공포 영화 좋아해."

"이건 그런 공포가 아니야. 귀신이 나타나거나 그런 건 아니야. 누가 네 발목을 붙잡거나 뒤에서 목을 조르거나 하진 않아."

"빨리 선글라스나 달라니까 그러네."

그 애가 가볍게 내 말꼬리를 잘라서 나는 어깨를 으쓱 올렸다 내리고 담담하게 선글라스를 벗었어. 그 김에 마스크까지 벗어 버렸지. 만들어진 눈과 입은 밤하늘에 흩어져 사라졌어.

내 민얼굴을 본 여자애는 잠시 아무 대답도 하지 못했어. 그저 숨을 들이마시더니 두어 걸음 뒤로 물러났어. 귀여운 입술이 부들부들 떨렸어. 떨리는 걸 들키지 않으려 이로 질끈 깨물었어. 그러다 뒤돌아 재빠르게 달려 멀어지겠지. 하지만 나는 안개얼굴을 보여 준 이 여자애와 더 이야기를 나누고 싶었어, 진심으로.

"도망가지 마. 다 보여 줄게. 이게 나야."

나는 마스크를 다시 쓰는 대신 아예 후드를 벗었어. 가스 등 같은 희뿌연 안개얼굴이 드러났지.

"네 이름이 뭐니?"

나도 모르게 긴장해서 버릇처럼 그 여자애의 목소리를 따라 하고 말았어.

"나를 따라 하지 마. 그러면 도망갈 테니까. 넌 도대체 뭐야?"

여자애는 겁먹은 걸 들키고 싶지 않다는 듯 일부러 강한 목소리로 말했어.

"나는 안개소년. 무서워하지 마. 그냥 난 너를 조금 더 알고 싶어. 그게 다야. 누군가와 이야기를 나눠 본 지도 너무 오래

됐거든."

그 애는 손으로 머리카락 끝을 어루만지면서 고개를 끄덕였어. 억지로 미소를 지었지만 두 다리는 부들부들 떨면서. 한마디만 잘못하면 그대로 툭 밀쳐 내고 도망칠 기세였어.

"좋아, 내 이름은 지나야. 이젠 널 더 설명해 봐. 네가 무서운 존재가 아니라는 걸."

"그러니까 난……."

안개얼굴을 빼고 딱히 나를 설명할 말은 떠오르지 않았어. 하지만 침묵이 길어지면 지나는 뒤돌아서 그대로 어둠 속으로 사라질 것 같았지.

"저기, 난, 그러니까, 로즈마리하고 살아."

"로즈마리?"

"우리 할머니. 할머니는 퀴퀴한 냄새를 로즈마리라고 부르라고 해. 그런데 로즈마리 냄새가 그렇게 나쁜가? 난 사실 그 냄새가 뭔지 모르겠어. 혹시 그 냄새가 어떤 건지 알아?"

살짝 얼굴을 찡그리던 지나는 잠시 후 한숨을 내뱉었어. 하지만 표정은 좀 평화로워 보였어. 아리송한 시험 문제의 답이 갑작스레 기억난 그런 얼굴.

"로즈메리 냄새, 그러니까 우리 엄마 주름 방지 크림하고 비슷한 냄새일 거야. 중년 여인의 울적함을 달래는 향이라고 하면 알겠어?"

지나가 발음하는 '로즈메리'는 로즈마리가 발음하는 로즈마리와는 다른 단어로 들렸어. 하지만 상관없었지.

지나가 몇 걸음 내 앞으로 다가왔어. 그 애의 살결에서 은은한 냄새가 났어. 내 흐릿한 안개에 그 향이 배었지. 이런 냄새는 절대 로즈마리가 아닐 거야.

"선글라스 써볼래?"

나는 손에 쥐고 있던 선글라스를 지나에게 건넸어.

5.

"넌 이 밤거리가 어떻게 보여? 당연히 안개가 낀 것처럼 보이겠지?"

"거리에서 다들 뻑뻑뻑뻑. 빌딩이나 가로수, 아스팔트까지 전부 담배 연기를 뱉는다고. 보광동의 벽돌집들은 멍청한 큰 바위 얼굴처럼 보이고, 눈코입이 다 엉망진창인데 그 얼굴로 모두들 담배를 피우지. 마지막으로 집에서는 로즈마리가 담배 연기를 내뱉고. 난 이렇게 생각해. 서울의 니코틴과 대기 오염이 날 안개소년으로 만든 거야."

새벽 한 시, 우리는 버스가 오지 않는 버스 정류장 벤치에 앉아 있었어.

"매일 안개 속을 걸으면 어때?"

"바닥에서 일 센티미터 정도 둥둥 떠서 달 위를 걷는 것 같아."

"넌 태어날 때부터 이랬던 거니?"

나는 나에 대해 모두 털어놓았어. 반지하방에서 어떻게 지내고 어떻게 다른 사람의 목소리를 복사하게 되었는지. 모든 걸 낱낱이 털어놓자 나란 존재가 진짜 괴물 같았어. 결국 여러 사람 목소리를 흉내 내는 달걀귀신에 불과하니까. 난 풀이 죽어 버렸지.

"근데, 너 그거 알아? 한참을 보고 있으면 그 안개 너머로 네 얼굴이 보인다."

"내가 보여? 네 눈에?"

지나가 고개를 끄덕였어.

"보여. 난 아까부터 보고 있었어. 희미하지만 잘생겼어. 넌 네 얼굴을 본 적이 없니? 거울도 안 봐?"

"아니…… 거울을 봐도 안 보여. 그냥 뿌옇게 안개만 보여. 그걸로 끝."

나는 가슴이 쿵쾅거렸어. 누군가에게 내 진짜 얼굴이 보인다는 사실이 놀라워서.

"잠깐, 날 똑바로 쳐다봐."

나는 지나의 눈을 바라보았어. 안경 너머로 보이는 작은 눈이 반짝였어.

순간, 흐릿한 안개는 우리 둘 사이에서 아무 문제도 되지 않았어.

"…… 그런데 넌 왜 이 시간에 여기 있어?"

내 말을 듣고 지나가 늘어지게 기지개를 폈어. 단지 팔을 쭉 뻗고 하품만 했을 뿐인데 그녀는 금방 울적한 얼굴로 변했어.

"그냥 산책. 불안해서. 예전에는 불안하면 손톱을 깨물어서 손끝이 엉망이었어."

"왜 불안한데?"

나는 여자애의 불안을 이해하기 어려웠어.

"고등학생은 다 불안해."

고등학생의 불안이란 더 이해하기 어려웠지.

지나는 손에 쥔 로즈마리의 선글라스를 썼다가 금방 다시 벗었어. 그리고 나에게 말없이 돌려주었지. 지나는 벤치에서 일어나 신사동 고개 방향으로 앞서 걸었어. 도망치는 걸음이 아니라 그냥 걷는 걸음. 난 그 애와 걷는 게 기분이 좋아서 괜히 휘파람 불듯 떠들었어.

"우리에겐 공통점이 두 개나 돼. 둘 다 후드티를 입었고 둘

다 몰래 밤에 나오고."

지나는 아무 대답 없이 보도블록을 툭툭 차며 걸었어. 그러다 말문을 열었어.

"불안하면 밤에 이렇게 나와. 가출 같은 건 안 해. 그러면 나만 손해니까. 난 그렇게 바보가 아니거든."

지나의 목소리는 발로 무언가를 툭툭 차는 느낌이었어. 텔레비전 드라마에서 보는 감정이 듬뿍 배인 목소리가 아니야. 너무 슬프거나 너무 기쁘거나 너무 귀여운 척하지 않아. 그냥 자기 앞에 떨어진 하루를 툭툭, 슬픔을 툭툭, 불안을 툭툭 찼어.

"공통점이 하나 더 있네. 나도 가출은 안 해. 밤에 외출만 한다고."

우리는 신사동 밤거리를 걸으면서 서로에 대해 조금씩 알아 갔어. 지나의 집은 신사동에서 택시로 기본요금이 나오는 곳에 위치한 아파트였어. 자기 말에 따르면 지나는 완벽한 고등학생에 속하는 편이라고 했어.

부모님 모두 대학교수—지나의 말에 따르면 부부싸움을 하면 누가 더 미친 짓을 잘할 수 있는지 논문을 발표하는 사람들 같고—고, 반에서는 공부로 다섯 손가락 안에 들고 —가끔 학원을 땡땡이침에도 불구하고— 끝장나게 예쁜 건 아니

나 귀엽고 사랑스러웠지—수면 부족이 피부를 갉아먹는 와
중에.

걸음을 멈춘 지나가 내 귀에 속삭였어.

"빨리 마스크 써. 모자도 쓰고."

몇 걸음 떨어진 곳에서 술 취한 남자 셋이 걸어왔어. 그들
은 어깨동무를 하고 큰 소리로 요란한 노래를 불러 댔어. 점
점 다가오는 그들을 보고 지나는 내 얼굴을 쳐다봤지. 나는
그냥 물끄러미 서 있기만 했어. 술 취한 세 녀석은 우리를 못
본 듯 지나가 버렸어.

"왜 널 못 본 척해?"

"술 취한 사람들은 날 보면 헛것으로 여겨. 아니면 아예 나를
살아 있는 사람이 아니라 특이한 간판 정도로 생각할 거야."

물론 내 안개를 단숨에 알아본 사람이 있었지만 지나에게
털어놓진 않았어. 이 사건은 다음에 만났을 때 그러니까 할
말이 똑 떨어져 버렸을 때 쓸 거였으니까. 하지만 내 머릿속
엔 그날 만났던 노신사의 모습이 생생하게 떠올랐어.

황사 때문에 텁텁했던 밤이었어. 중절모를 쓰고 황금색 머
플러를 두른 노신사가 나에게 신사동 거리에서 말을 걸었어.
단 한 마디 툭. 안개군. 그때 나는 마스크는 물론 선글라스까
지 썼는데 알아보더라고. 그는 술에 취하지 않았지만 목소리

가 중풍 맞은 사람처럼 떨렸어. 녹슨 쇠톱 같은 목소리로 몇 마디 말을 웅얼거렸지만 귀가 밝은 나라도 알아듣기 어려울 지경이었지. 그는 내가 사는 곳이 어디인지 물었어. 나는 보광동이라고 대답했어. 아, 지저분한 동네군. 노신사는 쉰 목소리로 짧게 말하고 어딘가로 전화를 했지. 잠시 후 검정색 승용차가 나타났는데 다시는 그렇게 좋은 차를 타진 못할 거야. 우린 나란히 뒷좌석에 앉았어. 차 안에서 노신사는 중절모를 벗지 않았어. 하지만 흐릿한 어둠 아래 번뜩이는 눈은 선명하게 기억에 남았어. 한남대교를 건너 보광동으로 갈 때까지 우리는 아무 대화도 나누지 않았어. 네 눈엔 세상이 어떻게 보이지? 보광동에 도착해서야 내게 물었지. 흐릿해요. 노신사는 고개를 끄덕였어. 몇 번 봤어, 차 안에서. 눈이 좋으시네요. 내 말을 듣고 노인은 짧게 쿡 소리를 내며 웃었어. 기침하는 부엉이 같더라고. 보고 싶은 건 다 보지. 내가 내리기 전, 노인은 목에 두른 황금색 머플러를 내 목에 걸어 주었지. 다음 날 아침 눈을 떠 보니 로즈마리가 그 머플러를 목에 두르고 오리지널 명품이라며 혼자서 사교춤을 추더라니까.

6.
걷다 보니 다음 버스 정류장. 우리는 다시 버스 정류장 벤치에 앉았어. 유리로 된 버스 안내판에 비친 내 얼굴은 검은 그림자로 보였어.

"알고 싶어. 내가 어떻게 생겼어? 좀 자세하게 말해 줘."

"말로 설명할 만큼 눈에 들어오진 않아. 너무 흐릿해서."

"그래도 어떤 느낌 같은 게 있잖아."

"키는 별로 안 커."

"그건 나도 알아. 하지만 매일 방에서 아령을 흔들어서 팔은 탄탄하다고. 안 그러면 별로 할 게 없거든."

지나는 작은 소리로 웃더니 불쑥 손을 뻗어 머리에 손을 얹었어. 스스럼없는 지나의 행동에 오히려 놀란 사람은 나였어.

"머리가 짧구나. 할머니가 깎아 주니?"

"아니, 내가 직접. 손자의 얼굴을 결코 만지지 않는 분이거든. 대신 바리캉을 사줬어."

지나가 픽 웃더니, 자그마하고 약간 차가운 손으로 내 이마와 눈썹과 눈꺼풀을 쓰다듬었지.

"이마가 앞짱구고 눈썹은 짙지만 부드러워."

이번에는 손가락이 코와 턱으로 내려왔어.

"턱은 갸름하구나."

지나가 내 입술을 만질 때 나도 모르게 목소리가 흘러나왔어.

"나 너 좋아해."

그녀는 화들짝 놀라 손을 떼고 자리에서 일어났어.

"그런 말은 이렇게 하는 거 아니야."

"그냥 내 마음이 시키는 대로 말한 거라고. 이게 진짜 내 목소리니까."

"진짜? 우린 오늘 우연히 만났는데."

"그래도 즐거웠잖아. 넌 아니야?"

지나는 잠시 머뭇거리다 고개를 끄덕였어.

"그래, 즐거웠어. 하지만 난 그냥 너하고 처음 이야기를 나눈 사람이야. 그렇다고 좋아하는 건 아니야. 그건 다른 문제니까. 난 이만 가봐야겠다."

나는 자리에서 일어서려는 지나의 팔을 붙잡으려다 그만두었어.

"다시 여기 올 거지?"

"…… 모르겠어."

"불안하면 또 손톱이나 깨물려고?"

"사실 오늘은 멀리 나왔어. 부모님이 크게 싸워서. 짜증 나서 도망치고 싶은 날이었거든. 평소엔 그냥 아파트 근처 놀이터에 나왔다가 바람만 쐬고 다시 들어가."

지나가 손을 들어 택시를 불렀어. 택시가 가까이 오자 나는 서둘러 후드를 덮어썼어.

"난 늘 여기 있을 거야. 새벽 두 시까진. 앞으로 네가 올 때까지 매일 기다릴 거라고."

지나는 말없이 나를 한 번 쳐다보다 택시를 탔어.

지나가 탄 택시가 안개 너머로 사라질 때까지 나는 거기에 서 있었어.

7.

보광동 반지하방 방바닥에 앉아 나와 로즈마리는 텔레비전 드라마를 보았어. 우리 두 사람이 사는 반지하방은 어수선했어. 내가 늘 청소를 하지만 벽 한쪽에 수북하게 쌓인 잡동사니를 로즈마리는 건드리지 못하게 하거든.

로즈마리는 쓸 만한 물건이 있으면 안 주워 오곤 못 견디는 성격이었어. 한국전쟁 전쟁고아로 배고픔에 쓴물이 목구멍으로 꿀떡꿀떡 넘어올 때부터 손에 익은 땅거지의 버릇이지. 엉덩이를 팽팽 흔들며 미군들과 댄스홀에서 트위스트를 추었을 때나 도둑년이라는 소문에 머리채를 붙잡혀 길거리로 쫓겨난 뒤에, 미제 물건 장사를 하며 손수레를 탈탈 끌 때는 물론, 백화점 화장실 청소부로 살아가는 지금까지. 반백을 엷은 갈색으로 물들인 로즈마리는 그렇게 쓸 만한 물건들을 무조건 호주머니에 몽땅 처넣었어. 하지만 정리가 안 돼서 방구석에 그대로 쌓아 놨어. 샘플부터 명품까지 굴러다니는 화장품이며 촌스러운 알록달록 치마, 세월 지난 주전자와 냄비 뚜껑에서 트럼프와 화투장에 이르기까지. 뚜껑 열린 비눗갑과 불이 안 켜지는 라이터가 함께 누워 있는 앙상블이라니. 로즈마리는 물건 하나라도 버릴 생각을 못 했어. 그 물건들은 언제나 말상대가 되어 주는 내 친구였지. 하지만 이제 버려진 물건은 그냥 물건이었어. 진짜 친구가 생겼으니까.

드라마가 끝나자 나는 서둘러 욕실로 들어갔어. 그리고 평소보다 더 오래 씻었어. 휘파람까지 휘휘 불면서.

"너 오늘 무슨 일 있니?"

욕실에서 나오자 온몸을 이불로 돌돌 만 로즈마리가 뱁새 눈으로 나를 훑어봤어.

"밤거리를 쏘다니더니 바람 냄새가 풀풀 풍기는데. 혹시 너 스토킹하는 건 아니지? 얘, 난 그런 꼴은 못 본다. 넌 여자들 꽁무니 쫓을 주제가 못 돼. 아서라, 사랑은 아무나 하니. 달걀귀신에게 사랑이 어디 있니."

금지와 웃음. 꼬맹이 때부터 로즈마리가 내게 누누이 가르쳐 준 달걀귀신이 사는 방법이었어. 벗어날 수 없는 공간을 받아들이세요. 대신 거기서 맘껏 웃으세요. 반지하방의 달걀귀신처럼. 텔레비전 속의 희미하고 작은 존재들처럼. 나 역시 잘 알았지. 하지만 안개얼굴만 아니라면, 만사가 다 뿌옇지만 않다면 나는 벌써 반지하 트렁크에서 도망쳤을 거야. 잘 있어요, 로즈마리. 노년은 원래 쓸쓸하고 고독한 거래. 메모 두 줄 달랑 남겨 놓고.

"좋은 친구라고. 나하고 같이 한참 동안 떠들었어."

"걔가 널 좋아하디?"

"그 애는 나랑 비슷한 점이 많아. 나처럼 후드티였어. 안개도 안 무서워해."

"가까이에서 보면 네 얼굴이 그렇게 무섭진 않아요. 마냥 신기해 보일 수도 있지. 그렇다고 그 여자애가 널 좋아한다? 그건 착각이지."

"내가 잘생겼다고 했다고. 로즈마리, 내가 정말 잘생겼어?"

"달걀귀신이지."

그 말을 하고서 로즈마리는 희뿌연 얼굴을 빤히 바라보았어. 시커멓게 아이라인 문신을 한 주름진 눈을 깜빡대던 그녀는 금방 눈물이라도 흘릴 것 같은 표정이었지만 결코 훌쩍이진 않았어.

"그래, 네 아비랑 비슷한 얼굴이 보인다. 웃는 게 남자답게 예쁘네. 그렇다고 뭐가 달라지니? 헛바람 들지 말고 그냥 죽치고 집에 있어. 그게 네 인생이라고!"

천둥이 치고 굵은 비 쏟아지는 소리가 반지하방까지 요란스레 들려왔어.

나는 그러거나 말거나 서둘러 외출 준비를 했어. 로즈마리는 골골거렸지만 자리에 눕진 않았지. 감기약 때문에 졸음이 쏟아질 텐데도 벽에 기대어 연속극을 보고 텔레비전 속 사람들이 둘러앉아 수다를 떠는 프로그램까지 꾸역꾸역 챙겨 봤어. 웃는 건지 않는 건지 모르겠는 신음 소리를 간간이 내뱉으면서.

"졸지 말고, 얼른 주무셔."

내 말에 로즈마리는 다시 나를 노려봤어. 하지만 이미 졸음에 눈이 개개풀려 무섭기는커녕 깜찍하더라고.

"진짜 나갈 거니? 이렇게 비가 오는데."

나는 씩씩하게 고개를 끄덕였어.

밖으로 나가려는데 로즈마리가 뒤도 안 돌아보고 웅얼대듯 말했어.

"곰곰이 생각해 보니까 안 나오는 게 다행인 거야. 비까지 오는데 그 애가 널 기다린다? 그러면 정말 무서운 일이 벌어질 것 같다, 야."

8.

비가 쏟아졌어, 엄청나게. 거리엔 아무도 없었지. 나는 우산을 쓰고 신사동 거리를 헤매다가 한남대교를 건너 집에 돌아왔어. 한남대교를 다 건널 즈음엔 그래도 비가 쏟아져 다행이라 생각했어. 그래서 우리는 못 만났을 테니까.

다음 날에는 비가 오지 않았어. 가을이라 하늘이 높고 푸르다는 뉴스가 텔레비전에서 나왔지. 물론 밤에만 다니니 내가 청명한 하늘을 볼 턱이야 없을 테지만. 어쨌든 그래도 밤공기는 무척이나 상쾌해서 절로 휘파람이 나왔어. 버스에서 내려 횡단보도를 건널 때에 콧노래를 부르다 선글라스를 벗고 후드도 벗고 마스크까지 벗어 버렸지. 시원한 공기를 한껏 들이마시고 싶었거든.

횡단보도 저쪽에서 가죽 재킷에 착 달라붙는 얼룩덜룩한 청바지를 입은 마르고 키 큰 여자가 나를 발견했어. 신호가 바뀌자 우리는 함께 길을 건넜고 내 곁을 스치던 여자가 걸음을 멈추었어.

"잠깐만요, 그건 뭐죠?"

초록빛 신호가 아직 나른하게 깜박였고 우린 서로를 힐끔거릴 시간이 남아 있었어. 그 여자에게선 달콤하면서 묵직한 향수 냄새가 났어.

"얼굴에 뒤집어쓴 얼굴, 너무 아름다워요."

여자의 목소리는 우아하고 나직했지.

"안개인데요."

"그래요, 정말 안개 같은 원단이네요. 앞서 가는 트렌드군요. 일지매의 시대도 아니고 다시 복면이 유행되는 시대가 오다니. 도대체 그 복면은 어디서 구했죠? 우리나라에서 만든 건 아니죠? 놀라워라, 이 세상 사람이 만든 것 같지가 않아."

"이건…… 그러니까 보광동에서."

"아, 보광도옹. 청담동 쪽에 새로 생긴 숍 이름인가 보군요."

신호가 붉은빛으로 바뀌었고 나는 서둘러 나머지 횡단보도를 건넜어. 그 여자는 내 뒤를 따라오려다 다시 반대편으로 길을 건너 사라졌어.

지나를 만나면 안개를 복면으로 착각한 여자 이야기를 들려줄 작정이었어. 그 여자의 우아하면서 나직한 목소리를 복사했어. 얼굴에 뒤집어쓴 얼굴, 너무 아름다워요. 하지만 나는 그날 지나를 못 만났어. 낯선 여자가 남겨 준 아름답다, 하는 한마디만 머릿속에 빙빙 맴돌았어.

다음 날 그다음 날이 와도 나와 지나는 만나지 못했어. 청명한 가을 하늘은 하루뿐이고 곧 가을장마가 찾아왔어. 많은 비가 서울에 내렸지만 늦은 밤엔 늘 집을 나섰어. 나와 지나가 다시 만난 날은 가을장마가 끝날 무렵이었는데 굵은 빗줄기 대신에 부슬비가 내렸지.

"안녕."

버스 정류장 근처를 서성대던 내게 먼저 인사를 건넨 사람은 지나였어.

지나의 우산은 무채색 삼단 우산이었어. 비가 별로 오지 않아 나는 우산을 쓰지 않았어. 하지만 내 후드티는 부슬비에 젖어 형편없이 축축했어.

"어, 나왔어? 장마가 참 길었지?"

나는 괜히 손을 들었다 내렸어. 호들갑스럽게 굴면 지난 이 주 동안 내가 얼마나 궁상맞게 이 거리를 싸돌아다녔는지 들킬까 창피했거든.

우리는 나란히 버스 정류장 벤치에 앉았어. 나는 옆에 앉아 양팔을 앞으로 쭉 뻗고 손을 맞잡아 머리 위로 올려 기지개를 켰어. 잠시 후 후드를 벗고 마스크도 벗고 선글라스는 손에 쥐었지.

"다시 날 보니 어때? 지금도 내 얼굴 보이는 거 맞지?"

지나는 안경 너머로 더 오래 내 안개를 들여다보다 고개를 끄덕였어.

"그동안 많이 바빴어?"

"아니, 나는 생각을 좀 했다."

그 말투는 좀 독특했어. 어린애가 진지한 척해서 더 귀여웠어.

나는 선글라스를 호주머니에 집어넣고 손가락으로 내 허벅지를 툭툭 쳤어. 보이지 않는 먼지를 애써 털어 내려는 사람처럼.

"무슨…… 생각?"

"사실 네 생각 많이 했어. 나도 내가 왜 그런지 몰랐는데 하룻밤 지나니까 알겠더라고. 난 널 도와주고 싶었던 거야."

지나가 해맑게 웃었지만 나는 입을 꾹 다물었어.

"사촌오빠 중에 좀 늙은 오빠가 있는데 유명한 의사야. 성형외과."

"아…… 안개를 고칠 수 있다고 하셔?"

"아니, 그건 잘 모르겠어. 그런데 오빠는 여자들 얼굴 고쳐 돈만 벌려는 사람은 아니야."

나는 기분이 점점 나빠졌는데 지나는 눈치를 못 채는 것 같았어. 하긴 안개 속에 보이는 얼굴이 흐릿할 테니 표정까지야 읽지 못하겠지.

"나를 만난 건 네 운명이야. 너, 아직 포기하긴 일러."

"…… 난 포기가 뭔지 몰라. 그냥 이렇게 돌아다니는 거지."

"저기, 있잖아. 한 가지 알려 줄 게 있어."

지나가 내 얼굴을 빤히 들여다봤어. 안개 속에 가려진 내 얼굴 표정이 어찌 변하는지 놓치지 않겠다는 듯.

"안개를 가진 남자가 너 혼자만은 아니래."

나는 잠시 지나의 말을 이해하지 못했어. 안개를 가진 남자가 뭘 뜻하는지 순간적으로 이해가 안 가더라고. 안개얼굴로 지금껏 살아왔지만.

"아, 그러니까 나 같은 인간들이 또 있어?"

지나는 얼굴에 환한 미소를 짓고 고개를 끄덕였어.

얼굴 없는 남자가 나 하나가 아니라니. 그들도 다들 반지하방에 숨어 사는 건가?

"신기하지? 사촌오빠가 성형외과 의사니까 혹시 도움을 주지 않을까 싶어 전화했어. 그런데 오빠가 싱가포르로 출장 가는 바람에 전화가 안 됐어. 말이 출장이지 아마 몰래 만나는 여자들하고 놀러 갔다 왔겠지. 그저께 통화가 됐는데 오빠는 네 이야기를 듣고 되게 놀라는 거야. 오빠는 몸에 안개를 지니고 있는 사람들을 많이 알고 있대. 널 꼭 만나고 싶어 해. 지금 건너편 길에서 기다리고 있어."

나는 잠시 고민했어. 지금껏 안개 없는 사람들과 어떤 사건으로 엮여 본 적이 없었어. 하지만 그 안개 덕택에 누군가

이 사람을 알현하고자 한들 안개황제가 된 기분은 아니었어. 하지만 지나가 나를 보는 눈빛이 어찌나 간절하던지, 그걸 외면할 순 없었지.

"좋아, 한번 가보자고. 하지만 이 안개를 못 없앤다는 데 전 재산을 건다."

물론 내가 가진 건 한 푼도 없었지. 내 앞으로 된 통장이나 보험 증서 따위 없었으니까.

"안개얼굴이 있으면 기적도 있는 거야, 친구. 그러니까 이 번엔 기적을 한번 믿어 봐."

창피하지만 솔직히 지나가 말한 친구와 기적이란 말이 제법 그럴싸하게 들려 가슴이 좀 찡했어.

횡단보도를 건넌 후에, 지나가 손을 흔들자 정차해 있던 잘빠진 은색 스포츠카가 안개 속으로 들어왔어. 지나는 차문을 열고 나보고 뒷자리에 타라고 했어. 나는 운전석에 앉은 남자의 뒤통수를 곁눈질로 쳐다보며 자리에 앉았어. 지나가 조수석에 앉은 후에 고개를 돌려 나한테 작은 소리로 파이팅을 외치고 운전석에 앉은 남자를 소개했어.

"우리 사촌오빠."

룸미러에 나를 만나려 한다는 남자의 눈매가 비쳤어. 은테 안경 너머 쌍꺼풀 없는 작은 눈. 길거리 어디서나 흔히 보이는 평범한 남자의 눈이었어. 몇 번을 봐도 얼굴이 기억 안 나는 그런 종류의 인간이었지.

"반갑다, 안개소년."

남자가 고개를 돌려 나를 바라보았어. 나는 남자의 손목시계 초침 소리가 자꾸 귀에 거슬렸어. 바퀴벌레가 더듬이를 까딱거리며 기어 오는 소리 같았거든. 남자에게서 풍기는 향수 냄새 역시 지독했어. 그건 로즈마리 향은 아니었어. 다만 몸의 체취와 뒤섞여서 어쩐지 자동차 방향제 냄새 같았어.

"아, 그런데 몇 살이지?"

남자가 다시 고개를 반쯤 돌려 물었어.

"확실히는 모르죠."

"키는 좀 작지만 몸집을 보면 고등학생에서 대학생은 되겠구나. 많이 힘들지?"

나는 그 질문에 그냥 입을 다물었어.

나는 그의 목소리를 복사해 봤지. 점잖게 말하려는 눈치였는데 말끝을 약간 흐리며 코맹맹이 소리를 섞는 버릇이 있더라고. 아마 어린 시절 외동아들에 어리광쟁이로 컸던 건 아닌가 싶었어. 어른의 말투 구석구석에 여전히 꼬마의 투정이 초콜릿칩처럼 박혀 있었어.

남자가 시동을 걸자 은색 자동차는 부드럽게 움직였어. 밤의 거리에서 스케이트를 타듯.

"그래, 많이 낯설겠지. 너무 겁먹지 말라고. 이야기는 이따가 천천히 해도 괜찮아."

나는 겁먹지 않았어. 차창 밖으로 보이는 밤거리가 평소보다 더 어둡게 보였을 뿐.

"아, 내 이름은 남인수인데 그냥 남 원장이라고 불러. 친해지면 형이라고 불러도 좋고."

그는 내 대답을 듣지 않고 카오디오를 켰어. 오래된 하드록 음악이 흘러나왔어. 기타 연주가 꽤 묵직해서 귀가 아팠지. 음악은 무서웠어. 나는 음악을 별로 좋아하지 않아. 더구나 큰 볼륨이나 이어폰으로 들으면 턱 밑의 칼처럼 소름 끼쳐. 음악이 나를 방해하면 애써 집중해서 바라본 사물과 풍경의 모양새가 흐릿해지고 나 역시 흩어져 버릴 것 같거든. 스피커에서 흐르는 곡이 꽤 유명한 노래였는지 지나와 남 원장은 후렴구를 따라 불렀어. 그렇게 차 안에 있는데 안개가 걷히는 날이 왔으면 좋겠다는 생각이 들더라고. 그러면 나도 운전석과 조수석의 사람들처럼 음악을 즐길 수 있을 테니까.

9.

남 원장의 오피스텔에선 자동차 방향제 냄새가 풍겼어. 그제야 나는 남 원장이 겉보기엔 흐릿하지만 그게 다가 아니라는 걸 알았어. 남 원장은 은색 스포츠카고 오피스텔이며 그가 입은 깨끗한 흰 와이셔츠와 손목시계였어.

소파에 앉아 실내를 둘러보았어. 남 원장이 냉장고에서 닥터페퍼를 꺼내 건넸어. 마침 목이 마른 터여서 급하게 음료수를 들이켰지. 어떤 시선이 느껴져 고개를 돌려 보니 벽에 기댄 남 원장이 한 손에 맥주 캔을 들고 이쪽을 보고 있었어. 그는 나를 보며 미소를 지었어. 흐리멍덩한 얼굴이지만 웃으면서 메스로 옆구리를 찌를지 모를 위인이란 생각이 들었어.

무섭다, 하는 감정이 들진 않았어. 다만 어깨와 등의 근육이 딱딱해지는 느낌이었어. 나는 늘 혼자거나 로즈마리와 함께였지. 낯선 사람과 함께 사방이 막힌 공간에 있는 건 처음이었어. 혹시나 상대가 날 공격하지 않을까 어깨가 곧추서는 긴장감이 내 몸을 감쌌지. 그 긴장감이 처음엔 공포로 여겨졌지만 이상하게 점점 쓸쓸한 감정으로 변했어. 나는 반쯤 남은 닥터페퍼를 마셨어. 이번에는 느리게 천천히. 보랏빛 탄산이 식도를 따갑게 훑으며 지나갔어.

이 양반, 어떻게 나를 박살 내려는 거야?

오피스텔로 따라오겠다는 지나를 왜 굳이 집으로 돌려보냈는지 그제야 알 것 같았어.

"그러니까 여긴 오롯이 나만의 공간이야. 와이프하고 갓난쟁이는 지금 목동에 있는 아파트에 있어. 처가가 그쪽에서 가깝거든."

남 원장은 내 맞은편 소파에 털썩 주저앉더니 편안하게 두 다리를 벌렸어. 긴장이 풀렸는지 점점 더 목소리에서 어린애 같은 말투가 묻어났어.

"병원 근처에 오피스텔을 얻은 건 갓난애가 너무 울어서 집에서 잠을 못 자서야. 그리고 남자한테는 가족과 떨어져 있을 혼자만의 동굴이 필요한 법이지. 여긴 내 허락을 받지 못하면 아무도 못 들어와. 이런저런 고민도 하고 때론 따분한 와이프한테 얻기 힘든 즐거움도 누리는 그런 곳이지."

그는 맥주를 벌써 다 마셨는지 캔을 단숨에 찌그러뜨렸어. 하지만 술을 잘하는 건 아닌지 우윳빛 목덜미와 얼굴이 칠면조처럼 붉어졌지.

"안개가 있는 인간이 나뿐이 아니라고 들었는데요?"

나는 물었어. 자동차 방향제 냄새를 풍기는 인간과 처음 만난 겁먹은 안개미개인이 아닌 성형외과 의사 남 원장의 말투를 복사한 목소리로.

남 원장은 잠시 아무 말도 안 했어. 그러다 킥킥대고 웃었지만 입매는 씁쓸하게 보였어.

"뭐야, 지금 내 흉내를 내고 있는 거야?"

남 원장은 미간을 찌푸리고 손등으로 조금 퍼졌구나 싶은 콧잔등을 문질렀지.

"꿈이 개그맨이야? 얼굴 안 보이는 개그맨. 차라리 못생긴 게 낫다, 끔찍해."

"글쎄요, 웃기는 것보다 웃기는 걸 보는 게 더 좋은데요."

"그래, 그러면 우리 친구는 뭐가 우습게 보여?"

"세상이 온통."

"눈에 뵈는 게 없으니까 다 우스운 건가?"

"아니요, 제대로 안 보이니까 우스운 거겠죠. 하지만 제대로 보이면 더 우스울지 몰라요."

"너 말이지, 엄마 뱃속에서부터 안개얼굴이야?"

나는 고개를 끄덕였어.

"그런데 다른 안개남자들도 나랑 똑같아요?"

"우선 술이나 마시라고. 그리고 내 목소리 좀 따라 하지 마. 하나도 안 똑같으니까."

나는 맥주 캔을 땄어. 하얀 거품이 부글부글 올라와서 나는 서둘러 맥주 캔을 입에 댔어. 남 원장은 맥주를 한 모금 들이켜고서 혼자 킬킬대고 웃었어.

"이런 게 골 때리는 거라고. 거품 먹는 거품 얼굴 같은 거."

남 원장은 맥주를 들이켠 후 트림을 길게 내뱉고서 제법 짧지 않은 이야기를 털어놓았어.

10.

안개남자들이 병원에 나타난 게 벌써 십 년 전 일이야. 자기 몸에 뿌옇고 기분 나쁜 게 생겼으니 당연히 피부과를 찾았겠지. 주로 귓구멍 안쪽이나 혓바닥 밑에 작은 안개가 고여 있었어. 안개라기보다 그건 뿌연 얼룩 혹은 살갗에 피어난 아주 작은 흰 곰팡이처럼 보였지. 통증은 전혀 없었고. 아프진 않지만 찝찝하고 괜히 신경이 쓰였겠지.

몇몇 피부과 의사들이 안개를 분석하려 애썼어. 하지만 희한하게 그 분비물을 걷어 낼 수 없었어. 다만 환부의 피부를 벗겨 내면 동시에 안개는 사라졌지. 찾아오는 환자들마다 의사들은 그렇게 처방했어. 환부를 얇게 도려내고 소독약을 발라 주고 항생제를 처방했지. 상처가 아물면 안개가 사라질지니. 환자들이 병명을 물으면 특이성 궤양이라고 대충 둘러댔지. 환자들은 별반 따지지 않았어. 그런데 몇 달이 지나지 않아 다시 의사를 찾아오는 거야. 안개가 살갗에 생겼다고. 다른 곳이지만 역시나 축축하고 어두운 곳에.

안개 증상을 호소하는 남자들이 그렇게 늘어났어. 다행히 안개는 눈에 띄지 않는 곳에 자그마하게 피어났지. 비강 안쪽, 귓구멍 안쪽, 구강 곳곳, 배꼽 깊숙하게, 겨드랑이, 사타구니, 불알과 항문 사이, 볼기 두 짝 사이 등등. 처음엔 이 안개를 원인 모를 분비물로 진단한 피부과 의사가 적지 않았어. 돌팔이 새끼지. 안 만져지는 분비물이 어디 있냐?

당시 나는 대학병원 레지던트였는데 친한 선배가 술자리에서 그 안개 이야기를 하더라고. 믿지 못하겠지만 괴상한 안개 증상을 호소하는 남자들이 늘어 간다고.

그렇다고 그 안개를 새로운 질병으로 명명할 순 없었어. 증상이 있다고 질병으로 인정받는 건 아니야. 질병도 존재의 이유가 있어야 하니까. 눈에 보이기만 할 뿐 고통도 없고 만지거나 분석할 수 없는 안개를 어떻게 병이라고 부르겠어. 그건 그냥 이 세상에 없는 것과 똑같아, 고작해야 믿거나 말거나지.

피부과 의사들이 더는 안개남자들을 환자로 받아들이지 않았어. 병이 아니라고 돌려보내면 만고 땡. 그런데 몇 달 전에 처음으로 안개남자의 존재에 대해 말해 준 선배가 나를 찾아왔어. 솔직히 좀 껄끄러웠어. 선배는 압구정동에 피부과를 개업해서 꽤 성공했지만 주식 투자로 피를 보고 여러 곳에 분산 투자했다가 실패해 거의 병원 문을 닫을 지경이었지. 직접 말하지 않았지만 자잘한 의료 사고가 있었다는 소문이 돌던 차였어. 오랜만에 얼굴을 보니 몰골이 말이 아니더군. 며칠째 술에 절어 살았는지 얼굴이 팅팅 부어 무너지기 직전이었어. 안타깝기보다 언짢았어. 원장실에서 마주 앉아 있는데 뭔가 착잡하더라고. 사람들의 얼굴을 고쳐 주는 건 쉬워도 피폐해진 사람의 마음을 위로해 주는 거는 적성에 맞질 않았어. 혹시 나한테 돈을 빌리러 왔나, 그러면 어떻게 돌려보내나 그저 찜찜한 마음뿐이었어.

텁텁한 커피 두 잔을 앞에 두고 둘 사이에 적막이 흘렀어. 갑자기 그 형이 입고 있던 폴로셔츠와 러닝셔츠를 단번에 홀떡 벗더군. 난 어이없는 눈으로 쳐다보다 그만 놀라고 말았지. 처음엔 무슨 총 맞은 곰 인형을 보는 기분이었어. 왜 곳곳에 헝겊이 터져 솜이 비어져 나온 그런 형상. 적당히 뭉개진 중년 남자의 몸에 흐릿한 안개가 곳곳에 피어 있었지. 가슴 위쪽에 하나, 옆구리하고 배꼽 근처에 더 큼지막한 반원형의 놈들이 두 개. 안개는 뿌연 말미잘이나 해파리처럼 숨을 쉬듯 움츠러들었다가 다시 부풀곤 했어. 그러니까 네 얼굴을 뒤덮은 안개보다 작은 대신 더 짙고 기체라기보다 생물에 더 가까웠어. 약간 질척질척하고 끈적끈적한 느낌도 있었지. 하지만 차마 만지지는 못하겠더라. 그 안개 뭉치를 오래 보고 있자니 이상하게 속이 울렁대는 거야. 사람의 얼굴을 헤집고 피를 보고 다시 감쪽같이 꿰매는 내가 말이야.

선배는 자기가 고통스러운 건 그 안개 때문이라고 하더군. 연초부터 일이 다 틀어지더니 그동안 겨드랑이에 잠잠하게 숨어 있던 안개가 몸통으로 퍼졌다는 거야. 아무런 고통도 없지만 혹시나 목덜미나 손등까지 녀석들이 번질까 무섭대. 이제는 의사고 뭐고 때려치우고 싶다더군.

나나 선배나 이 안개를 치료하지 못한다는 건 알았어. 알고 봤더니 예전에 나한테 안개 이야기를 할 때부터 수북한 겨드랑이 털 사이에 안개가 숨어 있었다더군. 그가 찾아온 이유는 혹시 성형으로 치료가 가능할지 궁금해서였어. 그 분야에서 나를 알아주거든. 자칭 잘나가던 피부과 의사가 어떻게 그런 한심한 생각을 하는지 불쌍했어. 안개의 문제보다 잘나가던 의사가 바보가 된 게 더 큰 문제였지.

"형, 그게 만져져요?"

선배는 고개를 저었지.

"암내처럼 냄새나는 것도 아니죠?"

선배는 고개를 끄덕였어.

"그럼, 그건 못 없애요."

한 달 후에 그 형은 자살했어.

11.

"그럼, 그 선배의 죽음 때문에 안개의 원인을 밝히려는 건가요?"

"아니, 직업적 흥미 때문이지. 안개가 번지면 환자는 늘어날 테고. 그건 곧 금맥 같은 돈줄이 된다는 얘기지."

"혹시 안개가 있는 건 아니죠?"

"나? 다행히 나한텐 없지."

남 원장은 잠시 나에게 양해를 구하고 복층 계단으로 올라갔어. 복층에는 침대와 작은 책장 따위가 놓여 있는 것 같더라고. 그는 무언가를 뒤적대며 찾는 눈치였어.

"우리 친구는 왜 안개가 생겼다고 생각하지?"

남 원장이 계단을 내려오며 물었어.

"모르죠, 태어날 때부터 이랬으니."

"고민한 적도 없고?"

나는 그렇다고 말하려다 입을 다물었어. 왜냐하면 내 얼굴에 안개가 덧씌워진 까닭이 궁금해지기 시작했거든. 게다가 나만 그런 운명이 아니고 거리를 돌아다니는 남자들의 살갗 곳곳에 안개가 자란다면, 숨어 사는 게 좀 억울하기도 했지.

복층에서 내려온 남 원장은 소파에 앉더니 담뱃갑만 한 소형 녹음기를 테이블에 올려놓았어. 녹음기의 모양을 보자 담배 생각이 났는지 호주머니에서 담배를 꺼냈어.

"끊은 지 좀 됐는데 오늘은 왠지 피울 마음이 들 것 같아 아까 사뒀지."

남 원장은 라이터로 담배에 불을 붙였어. 내 눈을 가린 뿌연 안개 탓에 그가 내뱉는 담배 연기는 보이지 않았어. 그저 흐릿한 안개 속에 앉아 있는 남 원장이 물끄러미 허공을 바라보는 걸로만 보였어. 그는 소형 녹음기의 재생 버튼을 누르려다 먼저 맥주 캔에 꽁초를 집어넣었어. 바닥에 남은 맥주에 젖어 들며 담뱃불이 꺼지는 소리가 캔 속에서 자그마한 탄식처럼 들려왔어.

"날 찾아왔던 선배가 인터넷 비밀 카페를 알려 줬어. 안개 남자들이 고민을 토로하는 비공개 카페지. 난 그 회원 중 몇 명과 접촉했어. 이건 그 결과물이야. 나는 캠코더로 그들의 몸에 피어난 안개를 촬영하길 원했지만, 거부하더군. 겁쟁이들 같으니라고. 내가 의사고 안개를 없애는 성형을 연구 중이라고 말하지 않았다면 이 인터뷰 역시 못 땄을걸."

남 원장은 손으로 녹음기를 부드럽게 쓰다듬었어.

"잘 들어 보라고. 다들 뭐라고 떠드는지, 왜 자기 몸에 안개가 끼었다고 생각하는지."

남 원장은 녹음기의 플레이 버튼을 눌렀어. 헛기침 소리가 들리고 이어 낮고 차분한 저음의 목소리가 흘러나왔어. 상대를 지그시 누르는.

파킨슨병이 찾아온 노년의 전직 권투 선수를 시작으로 자동차 세일즈맨, 트랜스젠더, 공무원, 대학원생 등등 수많은 남자들이 자기 신체에 피어난 안개에 대해 털어놓았어. 그들은 각자 처한 환경이 달랐고 안개가 생겼다고 생각하는 원인 역시 달랐어. 물론 나처럼 얼굴 전체가 안개로 덮인 사람은 아무도 없었지. 남 원장은 녹음기를 꺼버렸어.

"이제 알겠지?"

"아무나 다 생기는 건가요?"

"그게 문제야. 원인 유추가 안 돼. 어떤 공통항이 없어. 유전자 검사를 해도 별다른 점이 없고."

남 원장은 다시 담배 한 대를 피우려다 사레가 들렸는지 갑자기 고개를 돌려 여러 번 기침을 했어. 술이 오른 붉은 얼굴은 다시 하얗게 돌아왔지만 기침을 할 때마다 떨리는 어깨가 어린아이 같았지. 그는 손에 쥔 담뱃갑을 테이블에 올려놓고 겨우 기침을 멈췄어.

추운 사람처럼 남 원장은 가랑이 사이에 양손을 끼워 넣고 손을 비볐어. 그러더니 내가 유전학적으로 문제가 없는지 혹 돌연변이는 아닌지 궁금하다고 했어. 결국 그가 원한 건 안개에 가려져 있는 안개소년의 유전 정보가 담긴 안개머리카락 몇 올이었던 거지.

"그냥 지나한테 시켜서 머리카락을 뽑아 오라고 하지 그랬어요?"

나는 안개 속으로 손을 집어넣어 머리통을 더듬어 머리카락 한 올을 잡아 뽑았어. 대여섯 번 계속.

"아니, 널 좀 보고 싶었거든. 이건 대단한 발견이니까. 안개얼굴은 다른 안개 증상과 차원이 다르잖아. 붕어와 참치를 비교하는 건 무리지."

남 원장은 내가 테이블에 올려놓은 머리카락을 핀셋으로 집어 작은 비닐 팩에 집어넣었어. 그 짧은 털에 엄청난 비밀이 숨겨진 것처럼.

나를 물끄러미 보던 남 원장은 손을 뻗어 안개에 손을 대려다 그만두었어.

"내 얼굴이 보여요?"

"아니, 이런 말 하긴 그렇지만 그냥 좀 이상해. 외계에서 찾아온 전구 같잖아."

그는 내 머리카락이 담긴 비닐 팩을 들고 복층으로 올라갔어. 잠시 후 얇은 점퍼를 걸친 남 원장이 계단으로 내려왔어. 벽에 걸린 시계를 보니 새벽 세 시였지.

나는 남 원장이 머무는 603호 동굴에서 나왔어. 복도를 걸으면서 우리 두 사람은 아무 말도 하지 않았어. 엘리베이터 안에서 그는 내게 말을 거는 대신 누군가에게 문자메시지를 보냈어. 밝은 동굴에서만 잠시 가까워졌을 뿐 달걀귀신과 성형외과 의사는 다시 생판 남남이 되었어.

　은색 차를 타고 강남대로를 달리는 동안에 남 원장은 여전히 입을 다물었어. 나는 뒷좌석에 앉아 있어서인지 그 침묵이 그렇게까지 어색하진 않았어. 남 원장은 음악을 크게 틀지 않고 대신 라디오를 작게 틀었는데 심야방송이었어. 흘러간 가요가 차 안에 나지막하게 울려 퍼졌어. 음악이 끝나자 아나운서가 나른한 목소리로 가을 낙엽이니 낭만이니 이런 멘트를 참 낭랑하지만 청승맞게 읊더라고.

　"난 말이야, 밤거리를 보면 여자 얼굴이 떠올라."

　한남대교를 지나고서야 남 원장은 다시 말문을 열었어. 돌아보지 않고 말을 늘어놓아서 꼭 시커먼 뒤통수가 홀로 떠들어 대는 것 같았지.

　"첫사랑 이런 건 아니고, 그러니까 수술대에 누운 얼굴 말이야. 뽀얀 우윳빛의 피부를 벗기면 붉은 진피가 드러나. 그 밑에 시뻘건 근육과 지방, 더 파고들면 뼈가 보이지. 역겹지. 사람 얼굴이나 서울이란 도시나 별로 다를 바 없어. 휘황찬란한 번화가를 지나 자꾸만 안으로 들어가면 어둡고 을씨년스러워져. 그냥 뭐 그렇다는 거야. 고로 나는 사람 얼굴이 사람 얼굴로 안 보인 지 오래야. 그러니 그런 생각은 잊어버리고 그냥 눈에 보이는 것만 보고 즐겁게 살자는 게 내 모토라고."

남 원장은 한남대교를 건너 보광동 방향으로 차를 꺾었어.

"내 말 알겠어, 안개소년? 난 네 얼굴이 하나도 안 무섭다. 그냥 찜찜해."

12.

일주일 후, 나는 남 원장을 만나러 신사동 밤거리로 나섰어. 내가 남 원장을 만나러 간다고 밝히자 로즈마리는 혹시 수상한 짓거리를 하지 않는지 조심하라고 신신당부했어. 잘못하면 개새끼들 밥그릇에 똑 떨어진 뼈다귀 신세가 될지 모른다면서. 말은 그리했지만 사실 로즈마리는 새로운 치료법으로 내 얼굴의 안개가 걷히길 은근히 기대하는 눈치였지.

나는 여전히 기적을 믿진 않았어. 다만 궁금했을 따름이야, 내가 누구인지. 안개의 원인에 대한 어떤 흔적이나마 발견이 되었다면 그걸로 만족할 생각이었어.

남 원장은 나보다 먼저 신사동 거리에 나와 있었어. 그는 평소처럼 캐주얼한 정장 차림이 아니라 회색 후드티를 푹 눌러쓰고 밤거리를 어슬렁댔어.

건너편에 있던 나는 들키지 않게 조심하며 남 원장을 관찰했어. 그의 동작을 뜯어보니 아무리 눈앞이 뿌옇더라도 어떤 행동을 하는지 눈에 들어왔어. 남 원장은 물끄러미 서서 호주머니에 손을 넣고 지나가는 사람들을 관찰했어. 그는 길거리에서 담배 한 대를 다 피울 때까지 무언가를 집중해서 바라보았어. 나처럼.

신호가 바뀌고 나는 횡단보도를 건넜어. 남 원장 역시 길을 건넜지. 후드를 푹 눌러쓴 두 남자가 도로 한복판에서 만났어. 한 명은 진짜 안개, 나머지 한 명은 안개 코스프레.

선글라스를 벗고 남 원장의 얼굴을 바라봤어. 나를 따라 남 원장이 후드를 벗었지. 그의 얼굴은 수심에 푹 잠겨 있었어.

"축하해. 넌 정상이야. 검사 결과 돌연변이로 유추할 특질이 전혀 없더군."

"그런데 표정이 어째 그 모양이에요?"

남 원장은 호주머니에 손을 넣은 채 그저 땅만 바라보았어. 그러다 나를 보더니 한숨을 내쉬고 입을 열었어.

"더 이상 묻지 마라. 할 말이 있으니까, 우선 내 차로 좀 가자."

우리는 남 원장의 차로 향했어. 차 문을 열자 방향제 냄새가 지독하게 풍겼는데 이제는 그 냄새가 제법 정겨웠어.

내가 조수석에 앉자 남 원장이 물끄러미 나를 바라봤어.

"안개얼굴에 꽤 흥미를 가진 분이 널 만나자고 하신다."

그 순간 로즈마리가 말한 개새끼와 뼈가 생각났어.

나는 안전벨트를 채웠어. 철컥, 소리가 났지.

남 원장은 곧바로 시동을 걸었어. 차는 부드럽게 출발해서 한남대교를 건넜지. 하지만 한남대교 남단에서 좌회전을 하는 게 아니라 직진으로 달리더라고.

곁눈질로 본 남 원장의 얼굴은 잔뜩 굳어 있었어.

"그러니까 나는 답이 없군요?"

"그래, 네 말이 정답이다. 답이 없어."

나는 남 원장의 굳은 얼굴을 보고 머리띠를 두른 수험생의 얼굴을 상상했어. 아마 그는 나를 풀기 힘든 수학 문제로 봤을 거야. 무지하게 머리를 굴려야 하지만 어쨌든 답이 존재하는 문제로. 아마 내가 돌연변이였다면 답을 찾는 공식을 발견했다고 환호성을 질렀겠지. 하지만 결국 공식은 없고 안개소년이라는 수학 문제가 답이 없는 문제로 변한 거지. 남 원장은 방향제 냄새를 풍겼지만 어딘가 순진한 구석이 있어 보였어. 모든 문제가 존재하면 동시에 완벽한 해답이 있다고 믿는. 문득 내가 보는 세상이 흐릿하긴 하지만, 남원장이 보

는 뚜렷한 세상 역시 고작해야 그가 타는 스포츠카 차창 정
도 크기에 불과하다는 생각이 들었어.

남산 자락에 있는 한 호텔 주차장에 차가 멈추었어. 그는
기지개를 길게 켜고 담배 대신 방향제 냄새가 풍기는 과일
맛 사탕을 꺼내 입에 물었어.

"내려."

남 원장이 나를 바라보지 않고 말했어.

솔직히 구구절절 물어보고 싶은 말이 많았지만 그냥 입을
다물었어. 따라오기로 마음먹은 이상 구차하게 파고들긴 싫
었으니까. 설마 내 얼굴을 도려내서 안개를 박제할 인간이
기다리기야 하겠느냐는 마음이었어.

"호텔 로비는 밝으니까 선글라스하고 마스크 전부 쓰는 게
좋을 거야."

차에서 내린 우리는 잠시 호텔 앞에 서 있었어. 안개에 둘
러싸인 호텔은 어딘지 거대하고 번쩍대는 탑과 비슷했어. 나
는 남 원장의 뒤를 따라 회전문을 통과해 안으로 들어섰어.
늦은 시간이라 호텔 로비에는 아무도 없었어. 우리는 엘리베
이터 앞에 나란히 섰어. 오름 버튼을 누르는 남 원장이 사탕
을 아작 깨무는 소리가 내 귀에 들렸어. 곧 엘리베이터가 일
층으로 내려왔어. 엘리베이터 안은 텅 비어 있었어.

우리가 엘리베이터에 올라타고 문이 닫힌 뒤에야 남 원장은 입을 열었어.

"궁금하지 않아, 널 만나려는 사람이 누군지?"

마스크로 입을 가린 나는 아무 대답도 하지 않았어.

엘리베이터가 십일 층에 도착하자 차임벨이 짧게 울렸어. 나는 선글라스를 벗었어. 가벼운 진동음과 더불어 문이 열리고 폭신한 카펫에 발을 디뎠지. 은은한 조명을 받은 복도였지만 내 눈엔 그저 안개로 뒤덮인 공간에 불과했어. 나른하고 향기로우면서 거만한 호텔 복도의 냄새가 강렬했어. 쾌적한 공간에 어울리는 냄새겠지만 무언가 이유 없이 불편했지.

"그런데 그 사람은 왜 나를 만나려 하죠?"

두어 걸음 먼저 앞서 걸어가던 남 원장에게 물었어.

"골반부터 종아리까지 온통 안개야. 벌써 한 십 년은 됐다고 하더군. 허연 안개가 털처럼 북슬북슬해. 벗은 모습을 보면 꼭 염소 다리 인간 같다고."

"…… 역시 안개남자군요."

"맞아, 아마 제일 유명한 안개남자일걸. 그 영감탱이, 재계에서 알아주는 기업가거든."

남 원장이 잠시 걸음을 멈추었어. 복도에는 아무도 없었지만 그는 소곤거렸어.

"솔직히 내가 이 일에 적극적으로 손을 댄 까닭도 그 영감의 지원이 있어서야. 물론 지금은 말짱 헛꿈으로 돌아갔지만. 넌 왜 답이 없을까?"

"나 그 노인이 누군지 알 것 같은데요."

"얼굴을 보면 알 거야. 텔레비전 뉴스도 보고 신문까지 본다면서."

"아뇨, 길거리에서 직접 만났다고요. 나한테 말까지 걸었는데요."

남 원장은 한숨을 내쉬더니 다시 앞서 걸었지. 1103호 문 앞에서 걸음을 멈춘 성형외과 의사는 뒤돌아서 꾸중을 겁내는 어린아이 같은 얼굴로 내게 말했어.

"넌 아직 아무것도 못 들은 거야. 그 영감이 다리를 보여주면 화들짝 놀란 척해야 해."

"어차피 내 얼굴은 놀라거나 말거나 티도 안 납니다."

"듣고 보니 그러네. 표정을 안 들키니 그 얼굴 참 편리하다. 하, 철면피가 따로 없네."

남 원장은 1103호의 문을 두드렸어.

13.

남 원장이 서너 번 두드린 뒤에야 문이 열렸어.

방 안에는 중절모를 쓴 노인 대신 키 큰 여인이 서 있었어. 탐스럽고 긴 머리카락을 늘어뜨리고서. 그녀는 손에 와인병을 쥐고 있었어.

"아…… 기다리고 있었어요."

우리 앞에 서 있는 여인을 보고 나는 정신이 아찔했어. 아마 남 원장도 마찬가지였을 거야. 술병을 든 여인은 붉은 꽃이 그려진 나이트가운 차림이었어. 옷을 제대로 여미지 않아 벌어진 옷 사이로 젖빛 속살이 고스란히 드러났어. 그녀는 고개를 살짝 모로 흔들고서 벽에 기대어 우리를 바라봤어. 술이 올라서인지 숨을 가쁘게 쉴 때마다 풍만한 가슴이 더 도드라졌어. 술 냄새와 섞인 아찔한 향수 냄새에 나는 어지러웠어.

"뭘 그렇게 서 있죠? 손님들이 그렇게 서 있으면 안 되죠. 이쪽에 앉으세요."

우리가 소파에 앉자 그녀는 술병을 테이블에 내려놓고 옷을 여몄어. 그리고 벽에 기대 빤히 우리를 바라봤지. 제자리에서도 계속 비틀댔는데 술에 취하기도 했지만 그녀는 맨발에 슬리퍼 대신 금색 하이힐을 꺾어 신고 있었어.

"예쁜이는 지금 욕실에 있어요. 반신욕 중……."

우리가 아무 대답이 없자 그녀는 혼자 손뼉을 쳤어. 그 바람에 다시 옷이 살짝 벌어졌지.

"아, 그렇구나. 잘 모르겠군요. 당신들이 회장님이라 부르는 그분을 난 예쁜이라 부르죠."

"당신은…… 누구시죠?"

갑작스레 튀어나온 남 원장의 질문이 내 귀에도 바보처럼 들려 화끈거렸어. 하지만 나라도 입을 열면 그런 멍청한 말이 튀어나왔을 거야. 뭐랄까, 남자를 감전된 사람처럼 얼어붙게 만드는 타입이었거든. 키가 크고 아름답지만 서늘하고 매정한 인상이었어. 그런 여자와 가까이 있으면 주둥이만이 아니라 뇌 주름 깊숙한 곳까지 꽁꽁 얼어붙을 거라고.

"그냥, 난 약간 좋은 사람?"

그녀는 우리에게 속삭이듯 나직한 목소리로 말했지. 거기에 좀 더 똑 부러지는 목소리로 덧붙였어.

"비서는 아니고 통역사 정도로 해두죠."

그러더니 긴 손가락으로 머리를 쓸어 올리고 소파에 앉았어. 그녀는 발을 치켜들어 금색 하이힐을 벗으려다 그만두고 나를 바라보았어.

"그쪽, 선글라스하고 마스크 좀 벗어 봐요. 정말 안개얼굴인가요?"

나는 그때까지 선글라스와 마스크 차림 그대로였어. 선글라스와 마스크 모두 벗었지. 통역사는 말없이 나를 빤히 바라보았어. 아름답고 거만한 얼굴로 눈코입이 없는 얼굴을. 그녀의 눈썹이 살짝 일그러졌어. 나는 무슨 말인가 하고 싶었지만 아무 말도 할 수 없었어. 정말로 입이 없는 사람처럼.

그녀가 먼저 내게 무슨 말인가 하려는데 욕실 문이 열렸어. 곧이어 목욕 가운을 입은 예쁜이, 그러니까 안개소년을 기다린다는 노인이 나타났지. 키는 작고 배는 불룩하고 걸음은 팔자걸음이었어. 가운에 가려지지 않은 짧고 굵은 종아리는 뿌연 안개로 덮여 있었어.

남 원장이 소파에서 일어나 서둘러 허리를 굽혀 인사했어. 그는 툭툭 내 어깨를 치더니 이내 내 팔을 잡아끌어 일으켰지. 나는 엉거주춤 일어나 그를 빤히 바라봤어.

안개에 안개가 겹치면 아예 탁하게 흐려져. 그래서 난 그의 다리를 감싼 안개가 어떤 꼴을 하고 있는지 알 수 없었지. 그저 너무 흐릿해 다리가 아예 지워진 것만 같았어. 다만 중절모를 쓰진 않았지만 그 얼굴은 틀림없었어. 그날 밤 만났던 그 사람, 신사동 노신사. 어둠 속에서도 한번 본 건 놓치지 않는다는 부엉이의 눈빛이 생생하더라니까.

"인사, 인사."

남 원장이 내게 작은 목소리로 말했어.

나는 엉겁결에 팔을 들어 가볍게 손을 흔들었어.

처음으로 한 인사였어. 그러니까 손을 들고 철수 영희, 이러는 인사야 잘 알았지. 그런데 아랫사람이 윗사람에게, 낮은 놈이 높은 놈에게 하는 인사는 아직 경험이 없었어. 굽실굽실, 이런 거 텔레비전에서 보았지만 이 상황이 그 상황에 속하는 줄 몰랐던 거지.

통역사가 술잔을 든 채 웃음을 터트렸어. 회장은 그냥 제자리에서 입을 꾹 다물고 나를 바라보기만 했어. 화들짝 놀란 사람은 남 원장이었어. 그는 서둘러 나를 소파에 앉혔어.

"이해해 주세요. 아직 예의라는 걸 배워 본 적이 없는 녀석이에요."

"왜요? 회장님, 재밌지 않아요? 난 저렇게 회장님께 인사하는 사람 처음인데."

통역사는 예쁜이라 부르는 대신 언제 그랬냐는 듯 호칭을 회장님으로 고쳐 불렀어. 하지만 호칭에서 느껴지는 미묘한 맛을 알겠더라고. 예쁜이라 부르는 목소리로 회장님을 부르는 거지.

"안, 오늘 과해."

회장은 소파에 앉으며 낮고 기분 나쁜 쇳소리로 말했어.

"괜찮아요, 할 일은 다 해요."

안은 다소 신경질적인 어투로 대답하고 빈 술잔을 테이블에 올려놓았어. 그녀는 청포도 한 알을 따서 삼키려다 엄지손톱으로 뭉갰어.

나는 안이 어떤 말을 통역하는지 궁금했어. 약간 각진 턱을 보면 독일어가, 하얀 살결과 도톰한 입술을 보면 불어가 어울렸어. 취했지만 흐트러지지 않은 꼿꼿한 자세에선 차이니스 드레스를 입은 중국 영화 속 미인의 뒷모습이 스쳐 갔어. 내가 회장에게 손 흔드는 걸 보고 고개를 뒤로 젖히고 시원스레 웃는 모습에선 탬버린을 든 집시 여인이 떠올랐지.

내가 통역사의 언어에 대해 상상하는 동안 아무도 입을 열지 않았어. 하지만 세 사람의 눈이 모두 안개소년인 나에게로 쏠려 있었지. 특히 회장은 내가 기분이 나빠질 만큼 한참이나 빤히 쳐다보았어.

"살 만한가?"

"여기까지 오느라 고생이 많았다는 말씀이세요."

"넌 와야 했다."

"회장님은 당신을 만나 보고 당신과 당신의 얼굴을 감싼 안개에 대해 알고자 하세요."

나는 왜 안이 통역으로 불리는지 그제야 알 것 같았어. 회장이 짧게 한마디를 던지면 안이 상대가 알아듣도록 풀어서

읊었어.

"넌 아니?"

"안개가 왜 당신을 덮어썼는지, 그 안개가 사람들한테 어떤 인상을 주는지 알고 있느냐는 뜻이에요."

"넌 모른다."

"회장님의 다리를 덮은 안개가 그분께 얼마나 큰 고통인지, 그 때문에 평생의 신념이 어떻게 흔들리는지 처음부터 안개를 지닌 인간은 모른다는 이야기십니다."

"난 궁금해."

와인 대신 위스키를 스트레이트로 넘기고 안은 회장을 바라보았어.

"회장님, 뭐가 궁금하시다는 거예요?"

회장은 안을 경멸하듯 입술을 삐죽 내밀고 눈을 내리깔았어.

안은 입을 다물고 가느다란 팔목에 찬 백금 팔찌를 쓰다듬다 입을 열었어.

"목이 마르네요."

얼음이 든 유리컵에 술을 따르고 그녀는 술잔을 들어 허공에 건배했어.

"그러니까 회장님, 제가 생각한 게 맞겠죠? 회장님은 여기 있는 이 친구의 옷을 벗겨 벌거숭이로 만들고, 정말 평범한 남성의 몸인지 뜯어보고 싶겠죠? 가슴을 열어 심장을 살펴보고 두개골을 열어 뇌도 검사하고. 어떤 기계든 속을 보고 싶어 견디지 못하시잖아요. 궁금한 건 뚜껑을 열어 봐야 속이 시원하시잖아요. 얼굴 없는 인간은 인간도 아니니까."

안은 단숨에 술을 들이켜고 깔깔거렸어.

"주책."

회장이 짧게 말했어.

아무리 아름다워도 술주정이 너무 심하니 보기에 흉하군, 이런 뜻이 아닐까 하고 내 나름대로 통역해 봤어.

회장의 얼굴에는 표정이 없었어. 그의 말투처럼.

"넌 세상이 어찌 보이지?"

"뿌옇게. 안개처럼요."

처음 만난 날 회장은 그렇게 물었고 나 역시 똑같이 대답한 셈이지. 문득 이 호텔방 안이나 회장의 차 뒷좌석이나 별로 다르지 않다는 생각이 들었어.

"내 눈에도 그리 보인다. 맑은 날이나 안개 낀 날이나 세상은 흐릿하지. 난 늘 길을 찾는다. 뿌연 안개 속에서. 길이 없는 곳에 천 길 낭떠러지가 있다. 하지만 난 늘 길을 찾는다."

회장은 길게 말했어. 여전히 단답형의 말을 할 때처럼 아무 감정이 배어 있지 않았지만.

"그렇죠, 나도 회장님처럼 안개 속을 걸어요. 길은 길이고 안개는 안개. 그냥 안개 속에 있으면 길이 좀 달라 보이는 거죠. 하지만 정말 그렇게 사는 게 익숙해져서요, 몇 년 전부터는 돌아다녀도 넘어지지 않아요. 어쩌면 이제 줄타기도 할 수 있을 것 같고."

회장은 내가 내뱉은 말에 아무 대답도 하지 않았어. 나는 서로 말문이 터진 김에 깨물듯 한마디 더 물었어.

"그런데 왜 통역이 필요하죠?"

대답 대신 회장은 안을 바라봤어.

안은 위스키를 잔에 따르려다 말고 나를 보더니 싱긋 미소를 지었어.

"경제적인 분이시거든요. 대화란 쓸모없는 노동이라 여기시죠. 회장님은 넋두리나 수다를 혐오하세요. 꼭 필요한 말씀만 하십니다. 인풋과 아웃풋이 확실한 대화만을 선호하세요. 회장님은 인간이란 존재가 말이 너무 많다고 생각하세요. 그래서 컴퓨터와 로봇 같은 기계를 좋아하시죠. 생산적이고 효율적인, 쓸모없는 잡념이 없어 시간이 단축되는. 안타깝지만 로봇은 인간만큼 창의적일 수 없잖아요. 그게 로봇의 한계죠. 그래서 회장님은 로봇 같은 인간을 좋아하세요.

효율적이고 생산적이면서 창의적인 존재. 로봇과 인간의 중간. 그게 나 아닌가요, 회장님?"

마지막 말을 내뱉고서 안은 빈 술잔을 들고 어깨를 건들거렸어. 회장의 얼굴에 불쾌한 기색이 더 드러났어. 주책, 나는 속으로 회장의 목소리를 따라 해 그 단어를 읊어 봤지만 회장은 그 단어를 내뱉지 않았어. 대신 나에게 말을 건넸어.

"세상이 두렵지 않나?"

나는 모르겠다고 대답했어.

"난 궁금해."

회장이 궁금한 것이 무언지 난 알았어. 그러니까 사람들이 안개소년을 본 후 그의 온몸을 뒤덮는 흙탕물 같은 공포가 가라앉으면 말갛게 떠오르는 빤한 질문 하나가.

불쌍한 친구. 네 팔자는 왜 그런 거야?

하지만 내가 무어라 말을 준비하기 전에 회장은 자리에서 일어났어.

"폭탄을 던지자……."

그는 그 대답을 던지고 천천히 옷장으로 걸어갔어.

옷장 앞에 서서 회장은 태연하게 가운을 벗었어. 우리가 있건 없건 상관없는 눈치였지. 볼품없고 썩어서 퉁퉁 부푼 고기 같은 몸이 드러났지. 배는 툭 튀어나왔고 가슴은 축 늘어졌고 등과 어깨에 검버섯이 수북했어. 오히려 그 알몸보다 안개에 가려진 다리가 더 나아 보일 지경이었어. 그는 옷장 안 옷걸이에 걸어 둔 옷을 꺼내 하나하나 몸에 걸쳤어. 천천히 셔츠를 입고 양복바지를 입고 넥타이를 맸지. 재킷까지 걸치니 고급 정장 덕에 멋스러움이 살아나더군. 추한 몸에 알 수 없는 안개까지 모두 검정 옷에 감춰졌지.

마지막으로 그는 옷장에서 검정 모직의 롱코트를 꺼내더니 소파 등받이에 휙 내던지듯 걸쳐 두었어.

"회장님이 주시는 선물이에요. 당신이 회장님보다 키가 좀 크니까 소매가 약간 짧긴 하겠지만 롱코트니 못 입을 정도는 아닐 거예요."

남 원장의 어깨를 툭툭, 회장이 건드렸어. 작은 방울벌레를 툭 쳐 쫓으려는 듯.

그때까지 나는 안과 회장에게 정신이 팔려서 남 원장이 앉아 있다는 사실을 까맣게 잊고 있었어. 몸에서 풀풀 풍기는 방향제 냄새 역시 그의 존재를 증명하진 못했지. 남 원장 역시 자기가 이 자리에 앉아 있다는 걸 그제야 깨달은 듯 화들짝 놀란 표정이었어. 그 얼굴을 보고 나와 안은 동시에 웃었지.

나는 안이 회장을 두려워하지 않는다는 걸 깨달았어. 회장의 말을 읽을 줄 아니까. 나 역시 회장이 별로 대단하게 여겨지진 않더라고. 얼굴이나 다리나 서로 흐릿흐릿 비슷하니까.

여전히 멍한 남 원장은 물끄러미 회장만 바라봤어. 회장이 얼굴을 찌푸리고 다시 한 번 어깨를 세게 내리쳤어. 방울벌레를 손바닥으로 때려잡듯.

"빨리 나가자고 하시네요."

안의 표정이 좀 따분하게 보였어.

"어서 나가자."

남 원장이 내 팔을 잡아끌었어.

"아니에요, 회장님이 그에게 남긴 메시지가 있어요. 남아서 그걸 듣고 가세요."

남 원장은 어색하게 내 옷소매를 놓다가 나와 눈이 마주쳤어. 남 원장은 안개 속에 가려진 내 눈을 똑바로 보았어. 그는 곧장 내 시선을 피했는데 무언가 기분이 잡친 얼굴이었어. 이제 우리 두 사람의 만남은 여기서 끝이라는 생각이 들었어.

문이 닫히고 회장과 남 원장은 복도로 사라졌어.

14.

"무슨 생각을 그렇게 골똘히 하죠?"

우리 두 사람만 남자 안이 먼저 말을 걸었어.

"그냥, 이런저런 잡생각이 자꾸⋯⋯."

"기분 나쁘네요. 내 앞에서 딴생각하는 남자는 별로 없는데. 주변이 다 흐릿하게 보이니 집중력이 떨어지나 봐요?"

안이 나에게 스트레이트 잔을 건넸어.

"단숨에 들이켜요. 그래야 복잡한 게 싹 씻겨 내려가니까."

나는 그대로 쭉 술을 들이켰어. 혀와 목구멍에 불붙는 기분이 들면서 정수리까지 후끈거렸어. 술이 심장을 쿵쾅거리게 하자 문득 그녀 옆으로 가 앉고 싶은 생각이 들었어.

안은 말없이 고개를 한쪽으로 기울이고 풍성한 머리카락에 손을 집어넣어 몇 번이나 쓸어내렸어. 호텔방 안의 공기가 갑자기 낯설어졌지.

"뭘 그렇게 빤히 봐요? 복슬강아지처럼. 이쪽에 와서 앉을래요?"

안이 그녀 옆의 빈자리를 부드럽게 쓰다듬었어.

"그래도 괜찮을까요?"

"아니, 오지 말고 그대로 앉아 있어요. 그냥 넋 놓은 얼굴로 계속 쳐다만 보세요. 그 안개 너머로 어떤 표정을 짓고 있는지 처음부터 이미 들켰답니다."

안은 그 말을 내뱉고 길게 기른 손톱으로 무료한 듯 코끝을 긁었어. 그러더니 다시 나에게 술 한 잔을 따라 건넸지. 나는 다시 단번에 들이켰어.

숨을 쉴 때마다 안개가 흐려졌다 진해지면서 달콤한 향기가 감돌았어. 나는 용기를 내 일어나서 안의 옆으로 가 앉았어. 그녀가 나를 물끄러미 바라보았어. 가까이에서 본 얼굴은 너무나 아름다웠지만 확실한 인상으로 이해되진 않았어. 가슴이 쿵쾅거려서 그녀의 모든 부분을 조합해 하나의 완전체로 만들 여유가 없었거든.

"신기하네요, 그 얼굴."

그녀는 긴 손가락으로 내 얼굴을 닦아 내듯 쓰다듬었어. 차가운 얼굴과 달리 따스하고 보드라운 손길이었어.

"안개의 촉감이 묘하군요. 예쁜이의 안개와 또 달라요."

"내가 무섭지 않은가 봐요?"

"내 나이쯤 되면 뭐가 무서운지 안 무서운지 그쯤은 확실히 안답니다."

"몇 살이에요? 도무지 나이가 짐작이 안 가는데."

내 질문을 듣고 안은 안개로 손을 뻗어 내 코를 비틀었어. 그리고 속삭였지.

"그냥, 뭐가 무서운지 약간 아는 나이."

그러더니 다시 비켜 앉아 허공 어딘가를 물끄러미 바라보았어.

"회장은 무섭죠. 돈이 많아서가 아니에요. 회장에겐 사람이나 와인병이나 별로 다르지 않죠. 힘껏 던지면 깨지는 존재에 불과해요. 와인과 피의 차이를 모르죠. 그러니 안개얼굴 따위 뭐가 무섭죠?"

"안 무서운가?"

내가 회장의 목소리를 복사해서 따라 하자 안이 어이없다는 표정으로 나를 바라보다 고개를 숙이고 풋 웃었어.

"정말 똑같네요. 어떻게 그렇게 금방 따라 할까?"

나는 모든 목소리를 듣는 즉시 복사할 줄 안다고 말해 주었어.

"그럼 내 목소리도 할 수 있나요?"

"당연히 따라 할 수 있답니다. 어때요, 비슷하게 들리나요?"

안은 자기 목소리를 듣고서 기분 나빠하는 눈치는 아니었어. 오히려 신이 나서 몇 번을 더 부탁했지.

잠시 후에 안은 자리에서 일어서더니 자기의 목소리를 그대로 흉내 내 달라고 부탁했어. 그녀는 끊임없이 많은 말들을 읊어 댔어. 행복, 슬픔, 기쁨, 절망, 고통 따위의 모든 감정들이 낱낱이 배어 있는 말들이었어. 회장의 목소리를 통역할 때처럼 단조로운 목소리가 아니었어. 목소리 안에 모든 감정들이 자유롭게 넘나들었어. 그녀는 테이블에 걸터앉아 안개

입술을 통해 되풀이되는 자신의 목소리를 들었어. 물론 나는 너무 긴장해서 그녀의 목소리를 그대로 흉내 내지 못했어. 그녀가 내뱉은 말을 까먹거나 내 목소리가 그대로 섞여 우스꽝스럽게 일그러졌어. 그때마다 그녀는 나를 비웃는 것 같았지만 이상하게 기분이 나쁘진 않았어. 웃다 지친 그녀는 테이블에 걸터앉아 한 손으로 얼굴을 가렸어. 그 차가운 눈에서 눈물이 흘러내렸어.

그녀는 테이블에서 일어나 다시 내 옆자리에 와서 앉았어.

"당신은 행복이 뭔지 아나요?"

"아니요, 하지만 불행이 뭔지는 아주 잘 알죠."

"그건 뭐죠?"

"평생을 반지하방에 안개얼굴로 갇혀 사는 거요. 그건 좀 어둡고 많이 축축합니다. 기저귀 안에 갇혀 사는 것과 비슷하죠."

그녀는 픽 웃고는 이해가 간다는 듯 고개를 끄덕였어.

"그럼, 내가 행복을 가르쳐 주죠. 그건 찰나의 착각이에요. 눈을 감고 혀를 질끈 깨물어도 아프지 않은. 물론 그 잠깐의 시간은 마음먹기에 따라 아주 영원할 수도 있죠."

그녀의 입술이 내 안개입술에 닿았어. 그녀는 가볍게 내 입술을 깨물고 안개에 감춰진 턱을 감쌌어. 나는 다급하게 힘을 주어 그녀의 입술을 빨았어.

"천천히, 입술은 깨물어 먹는 딸기 맛 사탕이 아니니까. 아직 시간은 많답니다."

그녀가 내 귓가에 대고 낮은 목소리로 말했어. 지금껏 들어 보지 못한 통역사의 목소리로.

"시간 따위 상관없어요."

"시간을 무시하지 말아요. 우아함을 채우는 단추니까. 잘못 풀면 엉망으로 헝클어지죠."

안은 두 팔로 나를 부드럽게, 하지만 힘껏 떠밀었어.

안은 몸을 감춘 옷자락 따위 별것 아니라는 듯 나이트가운을 벗고 침대로 걸어갔어. 속옷 차림이었지만 그녀의 걸음걸이는 화사한 드레스를 입은 여인처럼 당당했어. 내 눈을 가린 흐릿한 안개 덕에 그녀의 몸은 구름에 가려진 여신처럼 눈부셨어.

그녀의 뒤를 따라 안개에 가려진 침대로 올라간 나는 길고 아름다운 다리 밑에 무릎을 꿇고 앉았어. 그녀의 풍만한 가슴으로 손을 내뻗자 안은 발로 가볍게 내 어깨를 떠밀었어. 안은 침대에 웅크리고 앉아서는 내 손을 잡고 그녀의 발가락을 어루만지게 했지. 그리고 내 귀에 속삭였어.

"당신에게 주어진 시간을 즐겨요. 내 목소리를 따라와요.

내 발이 어떻게 느껴지죠?"

나는 고개를 저었어. 하지만 그녀의 발에 입술을 댔어. 안이 속삭이듯 말했어.

"보드랍고 통통하고 상냥하지만 당신의 가슴을 짓밟을지 몰라요. 가볍게 깨물어 봐요. 입술로 발등부터 종아리까지 부드럽고 살아 숨 쉬는 감촉을 탐닉하면서."

나는 그녀의 발등에 입술을 가져다 댔어. 그녀의 사랑스러운 발이 물고기처럼 상냥하게 움직였어.

안은 내 손을 잡아끌었어. 그리고 손가락으로 그녀의 무릎을 부드럽게 쓰다듬게 했어.

"당신이 손과 마음으로 돌려서 열어야 할 비밀의 문고리예요. 검지로 조심스럽게 쓰다듬어 봐요. 이 문이 부드럽게 열리면 내 마음도 살짝 열렸다는 뜻이겠죠. 내 진심이 조금은 엿보일 거예요. 허벅지에 뺨을 비벼 봐요. 수염이 따갑군요, 나의 귀여운 복슬강아지. 아프게 깨물진 말아요. 손을 더 뻗어요, 당신이 모르는 세계로. 아직 서두르지 말고, 시간을 즐겨요. 잠깐만요, 함께 누워요. 가만히 나한테 기대요. 당신의 심장 뛰는 소리를 듣고 싶어요. 안개얼굴도 심장은 똑같이 뛰는군요. 서두르지 말아요. 나는 내 몸의 물결 같은 곡선을 타고 어루만져 주는 걸 좋아해요. 내가 이 우아한 곡선을 얼마나 아끼고 사랑하는지 느낄 수 있게. 내 감정이 물결치듯 흐르는 기분을 느낄 수 있게. 그리고 내 아름다운 가슴에 손을 뻗기 전에 먼저 내 눈을 봐요. 당신 얼굴이 안 보이는군요. 하지만 내 얼굴을 꼭 기억해야 해요. 어떤 열망, 눈동자의 흔들림, 내 얼굴에 번진 표정. 아무리 안개얼굴이라도 내 표정쯤은 읽을 수 있겠죠? 행복한 여자의 얼굴을 잊지 말아요. 그건 짧게 왔다 쉽게 가니까. 타인의 행복을 위해 이 표정을 거짓으로 만들기도 하니까. 시간을 즐길 줄 모르는 남자는 행복에 겨운 여자의 얼굴과 가짜로 행복해하는 얼굴을 구분할 줄 모르죠. 너무 서두르니까. 그러니 기억하세요. 바보처럼 속지 말고. 기억했나요? 귀엽게 고개를 끄덕이긴. 그러면 힘껏 안아 줘요, 당신의 모든 걸 던져서. 내가 따분해져서 먼저 당신 목을 조르기 전에."

15.

나는 안이 원하는 대로 그녀의 몸 하나하나를 기억했어. 안개로 뒤덮였지만 살아 있는 혀와 눈과 입술로. 어설프게 힘만 쓰는 내 몸짓이 부드러워지도록 그녀가 나를 이끌었어. 어느덧 빗물에 젖은 작은 길고양이마냥 우리는 땀범벅이 되어 침대에 늘어졌어.

"한 잔 더 할래요?"

안이 내 어깨를 간질였어. 나는 무척이나 행복했지. 피곤이 우르르 쏟아지는데 온몸의 땀구멍 하나하나가 환호성을 지르는 기분이었어.

"우선 정신 좀 차리고요."

나는 땀투성이의 기진맥진한 몸으로 욕실로 향했어. 내 걸음이 축축 처져 팔을 늘어뜨린 안개오랑우탄처럼 보일 거란 생각이 잠시 들었어.

씻고 나와 보니 그녀는 나이트가운 차림으로 침대에 앉아 있었어. 옷을 단단히 여몄지만 속옷을 입진 않았어. 나는 그녀가 건넨 온더록스 한 잔을 받았어. 얼음이 술잔 속에서 녹아내리며 깨지는 소리가 내 귀에 날카롭게 들려왔지. 나이트가운이 만든 그늘 사이로 엿보이는 그녀의 맨살을 보자 다시 배꼽 밑이 근질근질해졌어. 하지만 우선은 좀 침착해 보이고 싶었어. 그러니까 우아한 시간을 배운 남자의 모습을 보여 줄 생각이었어. 나는 천천히 술을 목구멍으로 넘겼어.

"궁금하지 않나요? 내가 어쩌다 예쁜이의 목소리를 통역하게 됐는지."

실핏줄이 살짝 보이는 그녀의 손이 불안하게 떨렸어. 나는 파리한 우윳빛 손등을 감싸 쥐었어. 우리는 손을 맞잡고서 움직이지 않고 서로를 보았어. 조금씩 떨리던 그녀는 눈물을 보이는 대신 희미하게 미소 지었어. 그러더니 슬그머니 손을 빼내 다시 스트레이트 잔을 쥐었어.

"원래 나는 연극배우였어요. 그 바닥에서 제법 장래가 촉망되는 사람이었어요. 회장의 기업이 소유한 대극장에서 공연을 했는데, 마지막 날 우리 연극을 보러 왔나 봐요. 공연이 끝나고 회장이 날 만나길 바란다는 연락이 연출을 통해 들어왔어요."

처음 호텔방 안에 들어왔을 때와 달리 안의 말투는 더는 뭉개지지 않았어. 많은 술을 마셔도 결코 취하지 않는 사람처럼.

"나는 그의 비밀스러운 집무실에서 만났어요. 예쁜이를 본 첫인상은 뭐랄까, 그는 희곡 속의 인물 같았어요. 실제로 살아서 존재하는 게 아니라 어떤 캐릭터만 남아 있는 사람 말이에요. 내 말이 이해되나요? 배우가 연기해야 하는 '회장'이라는 캐릭터가 사람으로 변해 덩그러니 앉아 있다는 느낌이었어요."

안의 어깨가 부들부들 떨렸어. 내가 괜찮으냐고 묻자, 안은 다급하게 고개를 끄덕이고 다시 미소를 지었어.

"속았죠? 회장을 만났던 순간을 재현해 본 거예요."

안은 얼음이 다 녹아 이제는 미지근해진 얼음물을 마시고 다시 입을 열었어.

"난 긴장하진 않았지만 무서웠어요. 예쁜이처럼 텅 비어 보이는 남자는 처음이었어요. 그래서 장난을 쳤죠. 그가 짧게 한마디 내뱉으면 나는 그 뜻을 길게 풀어 되풀이하듯 말했어요. 그는 자기의 짧은 말을 단숨에 통역하는 나를 보고 놀란 눈치더군요."

안은 다시 술을 마시려다 그만두고 내 눈을 오래도록 빤히 들여다보았어.

"아마 그래서일 거예요. 나를 붙잡아 둔 건 내가 회장이 숨기길 바라는 진짜 목소리니까……. 그 전까지 회장이 여자를 사랑하는 방식은 이랬어요. 소유해서 그 여자가 지닌 매력을 도려내고 내던지죠. 가슴이 떨리는 인간적인 감정은 회장에게 시간 낭비이니까. 쉽게 얻고 쉽게 버리기. 하지만 나는 도려내지지 않고 계속 회장을 불안하게 하는 여자였던 거죠. 그가 말로 내뱉지 않은 목소리들을 잡아채니까요."

안은 잔을 들어 내 얼굴에 건배했어.

"회장은 나를 놓지 못했어요. 대신 모든 비밀스러운 욕망을 받아 주는 의붓딸처럼 길들였죠. 그는 다른 여자들에게 하지 않는 많은 이야기들을 스스럼없이 털어놓았어요. 회장의 아들로 태어나 회장이 된 인간의 유리 감옥 같은 고독을 말했어요. 강인함이 나약함 위에 덮어쓴 가면이란 걸 들켜 버렸죠."

나는 안의 이야기에 귀를 기울였지만 전부 다 알아듣긴 어려웠어. 안개얼굴과 안개다리로 가깝게 느껴졌던 예쁜이가 점점 멀어지는 기분이었지.

"그럼, 그때도 예쁜이의 다리에 안개가 있었어요?"

내 질문에 안은 무언가 흥이 깨진 얼굴로 잠시 나를 바라보았어.

"아니요, 그때 그는 나이가 들긴 했지만 무척 당당했어요. 아무것도 그를 침범하지 못했으니까."

"그러니까 그때는 그냥 짧고 약간 휘어진 그런 다리였다는 거죠?"

"맞아요, 그 다리에 안개가 번진 후로 예쁜이는 달라졌죠. 그는 면도칼로 자기 종아리를 빗살무늬로 그은 적도 있어요."

나는 얼굴을 찌푸렸어. 상상을 해본 적은 있지만 나는 차마 내 얼굴에 칼을 들이대진……

더 길게 말하고 싶었지만 피곤이 밀려왔어. 회장이 남겨 둔 메시지를 들어야 한다는 생각이 그제야 떠올랐어. 안에게 질문을 하려고 입을 벌렸지만 혀가 빡빡히 굳고 말았어. 진짜 혀에 본드를 바른 기분이었지.

내 눈앞에서 안개가 사라졌어. 갑작스레 쏟아진 묵묵한 어둠에 꿀꺽.

2부 /

낮의 도시

1.

특별한 남자는 밤에 태어났다. 짧지도 길지도 않은 진통 끝에 세상에 나왔고 산모가 초산인 것에 비추어 볼 때 난산은 아니었다. 큰 소리로 울어 젖히는 갓난아기의 작은 몸집엔 붉은빛이 돌았다. 양수에 흠뻑 젖은 머리통이 짧은 머리카락으로 까맣게 덮여 있었다. 평범한 탄생이었지만 정수리에서 반짝이는 특별한 증거는 감춰지지 않았다. 그의 정수리에선 갓난아기 엄지만 한 피라미드형의 황금 뿔이 돋아나 있었다. 산부인과 의사와 산모와 간호사들은 반짝이는 비밀스러운 징조를 넋 놓고 바라보았다.

아이의 부모는 이 특별한 징조를 덮고 싶었는지 평범하게 철수라는 이름을 붙였다. 철수는 잔병치레 없이 첫돌을 맞이했다. 돌이 지나자 아이는 두 발로 걸었다. 두 돌이 오기 며칠 전이었다. 하늘이 붉게 물드는 평범한 초저녁에 철수는 눈을 까뒤집더니 몸을 떨다 제자리에서 쓰러져 혼절하고 말았다. 병원 응급실로 실려 갔지만 아이는 자정을 넘길 때까지 깨어나지 못했다. 철수는 주먹을 움켜쥐고 입을 벌린 채 번데기처럼 몸이 굳었다. 침대 옆에 앉아 밤을 지새운 아이 엄마는 눈을 똑바로 뜨고 생때 같은 아들을 지켜보았다. 아이의 얼굴에 울긋불긋 열꽃이 피어올랐다. 어느새 정수리에 있던 자그마한 황금 뿔이 녹아내리더니 아이의 얼굴이 금박으로 뒤덮였다. 아이 엄마는 비명도 지르지 못하고 두 손으로 얼굴을 가린 채 얼굴 없는 아들을 지켜보기만 했다. 금박이 사라지자 열꽃이 핀 얼굴이 언제 그랬냐는 듯 말끔해졌다.

눈을 뜬 철수는 말간 눈으로 엄마를 바라보다 말문을 열었다.

"엄마, 나는 배가 너무 고파요. 나는 밥을 먹고 싶어요."

몇 마디 토막말만 할 줄 알던 철수는 한 문장으로 술술 떠들었다. 천재의 탄생이었다.

"무슨 일이 있었는지 기억나니?"

엄마의 목소리를 듣고 철수는 고개를 끄덕였다. 아이의 말간 눈에 금방 눈물이 고였다.

"나쁜 꿈을 꿨어요. 내 얼굴이 사라졌어."

"그래, 이제 다시는 그런 꿈은 안 꿀 거야."

며칠 지나지 않아 철수는 자주 정수리를 긁었다. 다시 황금 뿔이 돋아나더니 이번에는 커다란 피라미드형으로 자라기 시작했다. 어쩌면 철수는 황금도깨비의 후손일지도 모른다.

그 후에도 철수는 몇 년에 한 번씩 혼절해서 깊은 잠에 빠졌다. 뿔이 녹아내리면 얼굴이 금박으로 뒤덮였다. 그 잠에서 깨어나면 뿔은 사라지고 그는 조금씩 더 어른스러워지고 영리해졌다. 하지만 며칠 지나지 않아 다시 정수리는 근질거렸고 더 커다란 황금 뿔이 자랐다. 하지만 아무도 철수의 황금 뿔에 신경 쓰지 않았다. 철수는 축구를 잘했고 어려운 함수 문제도 쓱쓱 풀었고 글 쓰는 일을 별로 좋아하진 않았지만 사람들 앞에 나서면 즉석조리로 말을 잘했다. 남녀노소 누구나 부러워하고 친해지길 바라는 청년이었다. 그는 외무고시에 패스했고 괜찮은 집안에서 잘 자란 여인과 서른 살에 결혼했다. 모든 일이 척척 풀렸다. 그의 정수리에 자리한 황금 뿔은 불행을 멀리 떨쳐 버리는 부적 역할을 톡톡히 했다. 황금 뿔은커녕 정수리만 휑해지기 시작한 동료들은 철수를 부러운 시선으로 바라보았다.

황금도깨비의 후손 철수는 늘 자신감이 넘쳤다. 가끔 그 자신감으로 실험 연애를 능란하게 이끌었다. 해외로 근무를 나가거나 결혼 생활이 시시해질 때면 젊고 쾌활한 아가씨와 연애의 맛을 즐기다 다시 가정으로 돌아갔다. 그에게 연애는 한 병의 맥주일 뿐 질펀해지는 술자리가 아니었다. 깔끔한 오입질이라 정숙한 아내에게 꼬리를 밟히는 일은 절대 없었다.

다들 철수를 행운아로 여겼다. 그는 쾌활하고 겁이 없고 긍정적인 남자였다. 가족이나 주위 사람들이 그리 여겼고 잠깐 사귀는 젊은 여인들 역시 마찬가지였고 그의 생각마저 그러했다. 다만 몇 년에 한 번씩 정수리가 지끈거렸다. 황금 뿔이 녹아내림을 알리는 경고 신호다. 지루한 악몽에 발을 담가야 하는 시기다. 얼굴이 금박으로 뒤덮인 채 숨이 막혀 버둥대는 번데기의 밤이 가까워지면 철수는 아무에게도 알리지 않고 이틀에서 사흘간 홀로 여행을 떠났다.

외진 마을의 여관방에서 철수는 혼자 침대에 드러누워 누렇게 얼룩진 천장을 바라보았다. 그를 지켜 주던 행운과 지금까지의 성공이 아무 의미 없게 여겨지는 시간이었다. 두려움에 벌벌 떨다 그는 기절 같은 깊은 잠에 빠져들었다. 곧 정수리의 황금 뿔이 사라지고 그의 얼굴은 금박으로 뒤덮였다. 잠결이지만 숨이 막혀 오는 고통은 생생했다. 뿔이 커질수록 악몽의 시간 또한 길어졌다.

철수가 성공한 남자의 삶을 사는 것과 달리 꿈속의 안개남 자는 늘 똑같은 삶을 살았다. 꿈에서 그는 얼굴 없는 존재의 현실을 산다. 그는 밤에 돌아다니고 태어날 때부터 자유를 잃은 존재다. 안개남자의 밤은 언제 사라질지 모르는 흐릿한 밤이다. 하지만 꿈에서 깨면 끝이다. 깨어나는 순간의 근질 근질한 자각이 찾아오면 끝이다. 꿈에서 생생한 안개로 여겨 지는 금박이 벗겨지고 황금 뿔이 더 우뚝 자란 철수로 돌아 오기만 하면.

2.

누군가 나를 부축해 길바닥에 내버렸어. 덜컹대는 차 안에 있었던 것 같아. 졸음은 계속 쏟아졌어. 매서운 바람이 여러 번 내 뺨을 때려 겨우 잠이 깼지만 여전히 반쯤은 꿈에 발을 담그고 있었어.

"나는 철수입니다."

내 살갗에 닿은 공기는 따스하면서 동시에 차가웠지. 따스 함은 지금껏 내가 경험하지 못한 아늑한 감촉이어서 괜히 흐못해졌어. 곧 악몽에서 깰 거야. 따스함은 햇볕이었고 나른하게 드러누워 쉴 수 있는 벤치였어. 그건 어둡고 축축하지 않았어. 하지만 좋은 기분은 그리 오래가지 못했지. 옷 속으로 파고든 바람이 너무 차가웠으니까. 찬 바람이 내 맨살을 훑어 대자 옆구리가 쑤시듯 결려 왔어. 몸을 비틀자 통증이 온몸으로 번져 갔어. 숨을 고르며 통증을 견뎠어. 무언가 내 머리를 덮은 듯 거치적거려 답답했어. 더듬어 보니 모자가 손에 잡혔어. 챙이 그리 넓지 않은 중절모였어. 나는 모자를 벗어 바닥에 내려놓았지.

"나는 철수입니다."

눈이 부셨어. 햇빛, 금방이라도 황금 손톱을 세우고 두 눈을 쑤셔 댈 것 같은 햇빛에.

서둘러 양손으로 얼굴을 가렸어. 손에 닿는 얼굴의 감촉이 축축했어. 남자의 목소리가 귀에 아른거렸어. 처음에는 뱅뱅 맴도는 모깃소리였는데 점점 또렷하게 들려왔어.

"괜찮으세요, 괜찮으세요, 괜찮으세요?"

목이 잠겼는지 목소리가 나오지 않았어. 고개를 들고 낯선 남자를 빤히 보았어. 몇 번 기침을 하다 겨우 입을 열었어.

"네, 나는 철수입니다."

눈이 부신 데다 시야가 흐릿흐릿해 남자의 얼굴은 잘 보이지 않았어. 그저 안개얼굴이었지. 하지만 공포에 질려 낮게 내리까는 남자의 신음 소리가 단박에 나를 깨어나게 했어. 나는 변명하지 않았어. 그저 속으로 웅얼거릴 따름이었지.

'어서 철수의 꿈에서 깨어납시다, 안개소년. 나는 황금 뿔의 철수가 아닙니다. 안개소년이 꿈속에서 만들어 낸 빌어먹을 가짜 행운아가 아닙니다. 내 얼굴엔 금박 대신 안개가 뒤덮여 있습니다.'

나는 서둘러 중절모를 머리에 푹 덮어쓰고 잔뜩 몸을 웅크렸어.

남자가 구두를 질질 끌며 뒷걸음질 치는 소리가 들렸어. 동시에 수많은 소음이 와르르 내 귀에 쏟아졌어. 구두는 보도블록을 요란하게 두들겨 댔어. 끼이이이익 뚜벅뚜벅 부르르르르. 오토바이, 승용차, 버스, 행인들이 내 가슴팍을 짓밟고 지나갔어.

나는 늘 밝은 낮에 거리를 돌아다니길 바랐지만 익숙한 어둠이 절실해졌어. 한 줌의 어둠이나마 있어야 생각할 여유가 생길 것 같았으니까. 중절모를 푹 내려 쓰고 옷깃을 잔뜩 추어올렸어. 달걀귀신을 위한 아주 자그마한 밤의 공간을 만들어 보려고.

익숙한 옷감의 감촉이 아니었어. 내가 걸친 옷은 낡은 후드티가 아니었어. 모직으로 된 두툼한 롱코트였지. 소파 등받이에 롱코트를 툭 내던지던 회장이 떠올랐어.

'그날 밤 이후에 무슨 일이 벌어진 거지?'

컴컴한 공백. 나는 그 공백을 떠올리려 했지만 쉽지 않았어. 그러려면 우선 떨지 말아야 했어. 지금 이 상황에. 시끄러운 소음에. 밝은 대낮이지만 뿌연 안개로 뒤덮인 세상에.

나는 보도블록을 한참이나 바라보았어. 하지만 아무것도 눈에 들어오지 않더라고. 그저 뿌연 안개만 더 짙어 보였지. 나는 바닥으로 손을 뻗었는데 닿자마자 차가운 감촉에 흠칫 놀라 손을 뗐어.

차갑고 축축한 덩어리. 그건 녹지 않고 보도블록에 그대로 얼어붙어 버린 눈이었어.

내 앞으로 무언가가 차르르르 소리를 내며 떨어졌어. 동전이었어. 나는 서둘러 손을 뻗어 동전을 주워 손바닥에 올려놓았어. 흐릿한 안개 시야로 모기만 한 학 한 마리가 눈에 들어왔어. 안개 사이로 우아하게 날갯짓하며 윙윙 모깃소리를 내는 모기학. 모기학 한 마리가 어둠 속을 날아다니자 나는 겨우 웃을 수 있었어.

웃음은 아주 잠깐 동안만 평온을 가져다주었어. 곧장 나도 모르게 신음 소리가 터져 나왔지. 속이 쓰리듯 아팠거든. 어마어마한 허기였어. 그뿐이 아니라 숨을 들이마실 때마다 목이 말라 입안이 쩍쩍 갈라지는 기분이었어. 내 식도와 위장은 고비 사막이었지. 하지만 일어설 수는 없었어. 후드티도 선글라스도 마스크도 없지, 밝은 세상에 나 홀로 안개를 얼굴에 뒤집어썼지, 모기학처럼 날갯짓하며 멀리 도망칠 재주 역시 없었으니까.

3.

정확히 열 사람이었어. 어깨를 두드리며 왜 이러냐고 묻거나, 바닥에 떨어질 때 요란한 소리를 내는 동전이나 꼬깃꼬깃 구겨진 천 원짜리 지폐를 던져 주거나, 그도 아니면 팬스레 시비를 거는 사람들. 그사이 햇볕은 따스해지고 사람들의 움직임이 슬슬 눈에 익었지. 그래도 밝은 대낮의 소음은 정말 버티기가 힘들더군. 하지만 소음이나 밝은 대낮에 대한 공포도 그저 우스울 따름이었어. 배가 고프고 목이 말랐으니까. 진짜 달걀귀신이 아닌 안개소년은 위장까지 흐릿하진 않아서 어쨌든 배를 채워야 했거든.

나는 일어섰어. 몸을 일으키는데 온몸의 근육과 관절이 아파 와 짧게 비명을 질렀어. 나는 조심스레 기지개를 켰어. 어두울 때와 달리 밝은 날의 시야는 흐릿하지만 그 맛이 달랐어. 더 이상 거리와 건물이 내게 담배 연기를 내뿜지 않더라고. 안개가 긴 한낮의 거리는 사람들과 차들이 바쁘게 움직이는 패션쇼의 무대처럼 보였어. 어마어마한 소음은 내 귀를 괴롭히는 음악, 사람들과 자동차는 남들과 마주 보는 대신 더 돋보이려 턱을 치켜드는 모델.

내 눈앞에 길게 뻗은 횡단보도가 펼쳐졌어.

여긴 분명 신사동은 아니었어. 나는 중절모를 슬쩍 치켜들고 주위를 살폈어.

한 여자와 눈이 마주쳤어. 부드럽게 물결치는 갈색 머리의 아가씨였는데 내 안개를 그대로 보았나 보더라고. 그녀는 겁에 질린 표정이었지만 다행히 비명은 안 질렀어. 내가 무언가 변명을 하려는데 신호가 바뀌었어. 길 건너에 있던 사람들이 우르르 이쪽으로 건너왔어. 아가씨가 서둘러 길을 건넜고 엉겁결에 사람들을 따라 나도 걸음을 옮겼어. 후드티보다 모직 롱코트는 훨씬 무거웠어.

내 걸음은 점점 느려졌어. 한 걸음, 두 걸음, 세 걸음……
그리고 그 일이 터졌어.

왜 길 한복판에서 안개소년은 중절모를 벗을 생각을 했을까? 밝음이 눈에 익자 낮의 거리가 더 이상 안 무서웠나? 아니면 추운 날씨였지만 햇볕이 참 따사로워서 그랬나? 이유는 모르겠어. 그냥 머릿속이 근질거려서 답답한 모자를 벗고 싶었는지도 몰라. 사람들이 있건 말건 상관 안 하고.

나는 중절모를 벗어 오른손에 쥐고 지저분하게 자란 머리를 왼손으로 쓸어 넘겼어. 다행히 안개에 가려 엉망진창인 머리카락은 안 보일 테지. 대신 대로에 나타난 한낮의 달걀 귀신을 보고 사람들은 화들짝 놀라겠지만. 재빠르게 걸음을 걷던 이들이 하나둘 고개를 돌려 나를 바라보았어. 나는 그 냥 서 있었어. 햇빛과 밝음이 얼마나 정겹던지. 스모그가 긴 낮의 풍경이 달콤하게 윙크를 보냈어.

횡단보도를 건너지 않고 사람들이 잠시 서 있었어. 버스도 경적을 울리지 않았어. 나는 멈춰 선 버스를 바라보았지. 운전기사가 운전대를 붙잡은 채 빤히 나를 쳐다보더라니까. 그 옆에 우르르 몰려 있는 승객들은 또 어떻고.

다들 겁에 질린 얼굴, 아니 그렇게 말하면 좀 맛없어진다. 뭐랄까, 눈앞에서 시간이 쪼개진 광경이라도 본 표정이었어. 나는 깨달았어. 그 순간에, 시간이 내 얼굴을 중심으로 빙빙 돈다는 걸. 모든 이목이 나를 향해 있고 길을 건넌 이들은 휴대폰을 들고 요란스럽게 사진을 찍어 대고.

대낮에 도심 한복판에 나타난 달걀귀신. 알고 보니 안개소년. 알고 봐도 도무지 모르겠는 존재. 그게 나였어.

멀리서부터 자동차 경적이 요란하게 들려왔어. 차가 오래 막히자 신경질적으로 경적부터 울리고 보는 운전자들이겠지. 그 소리를 듣고 정신을 차렸는지 버스 운전기사가 서둘러 빵빵빵빵, 기관총을 쏘듯 요란하게 경적을 울려 댔어.

신기했어. 이상하게 낮의 소음이 무섭지가 않은 거야. 거리는 온통 시끄러운데 그 굉음이 그냥 헛발질. 소음의 총탄 따위 흐느적흐느적 봄바람에 휘날리는 진달래꽃. 나는 다시 유유히 중절모를 눌러쓰고 횡단보도를 건넜어. 사람들이 내 뒤를 쫓아왔어. 휴대폰 카메라로 찰칵찰칵 찍는 소리가 권총을 쏠 때처럼 탕탕탕탕이었지만 난 길바닥에 안 쓰러지고 탁탁탁탁 걸어갔지.

"여기가 어디?"

나는 가장 가까이에 있는 자그마한 꼬마 여자애에게 물어봤어.

"종로예요, 인사동."

나는 고개를 끄덕였어.

"아저씨는 누구예요?"

"나, 안개소년."

"얼굴이 왜 그래요?"

"원래 그래."

나는 그 여자애와 더 길게 이야기를 나눌 여유가 없었어. 길거리에서 술술 흘러나오는 음식 냄새에 위장이 탈수 끝낸 사각팬티마냥 비비 꼬인 기분이라서. 나는 주머니에 손을 넣었어. 천 원짜리 두 장과 각기 다른 동전 여러 개. 낮의 도시에서 처음으로 번 돈이었어. 돈에 대해 더 길게 생각할 여유는 없었어. 내 위장이 손을 뻗어 나를 질질 끌고 편의점으로 들어가 버렸거든.

편의점에 있던 손님들이 다들 놀라 모서리 쪽으로 물러났어. 아이 하나는 아예 엄마의 불룩한 배에 얼굴을 묻고 울먹였어. 관광객인 외국인 노부부가 놀라서 서로에게 영어로 속삭였어. 몇몇 사람이 서둘러 편의점 밖으로 도망쳤어. 편의점 점원은 바코드 리더를 손에 들고 벌벌 떨었는데, 안개강도를 겨누면 레이저 빔이라도 쏠 수 있길 바라는 눈치였지.

"여러분, 진정하세요. 저는 스타킹 대신 안개복면을 쓴 안개강도가 아닙니다. 그저 배고픈 인간일 뿐입니다."

만일 내가 배부른 안개였다면 여유롭게 웃으며 상황을 수습했을 거야. 하지만 음식을 보자마자 참을 수가 없었어. 안개기아는 사람들이 놀라거나 말거나 곧장 우유가 있는 냉장 코너부터 훑어 버렸어.

딸기우유를 냉큼 집어 단숨에 목구멍으로 흘려 넣었어. 차

갑고 달짝지근한 액체가 갈증을 녹이더니 위장으로 울컥울컥 흘러들었어. 갈증은 녹았지만 허기는 더 공허하게 빵빵해졌어. 다음은 빵이 있는 코너로 가서 두 개를 동시에 움켜잡았어. 봉지를 뜯는 동시에 빵을 욱여넣고, 목구멍으로 넘기면서 다시 다른 봉지를 뜯었지. 우선 뱃속에 욱여넣고 허기를 달랜 후에 계산할 생각이었어. 내가 번 돈에 맞춰서 음식을 먹은 후에. 하지만 어느새 나는 벌벌 떨리는 손으로 계속 빵과 주스와 삼각김밥을 처먹고 다시 우유 한 모금을 원하고 있더라고.

목이 메어 기침을 한 번 하고 나서야 상황 파악이 됐어. 점원은 잔뜩 겁에 질린 얼굴이었어. 손님들은 한쪽 구석에서 나를 빤히 바라보기만 했지. 편의점 통유리 너머에 서 있던 사람들은 또 휴대폰 권총으로 안개강도를 향해 탕탕탕탕이고.

내가 사람들을 바라보자 고요한 침묵이 이어졌어. 괜히 멋쩍어서 손을 들어 인사하려는데 '켁' 소리와 함께 욱여넣은 빵 덩어리 하나가 튀어나왔어. 사람들이 '와와' 놀랬어. 안개 속으로 사라진 빵이 곤죽으로 변해 다시 튀어나왔으니 퍽도 신기하겠지.

가슴을 팡팡 치고 요구르트 하나를 단숨에 들이켰어. 롱코트 주머니가 어느새 빈 우유갑과 빵 봉지 따위로 터질 듯 부풀었어.

나는 편의점 계산대에 바코드가 새겨진 쓰레기들을 올려놓았어. 점원은 떨리는 손으로 리더를 바코드에 대더라고.

"손님, 칠천삼백 원인데요."

예상은 했지만 어마어마한 액수였지. 나한테는 오천 원짜리 한 장이 절실했어. 그렇다고 롱코트를 벗을 순 없었어. 명품이라서가 아니라 이 추운 겨울에 롱코트를 벗어 편의점에 맡기고 나오는 건 좀 더럽게 서러웠으니까.

나는 주위를 둘러보았어. 겁에 질린 구경꾼이 된 손님들은 여전히 편의점 안에 서 있었어. 그들은 벌벌 떨었지만 동시에 모자 속에 흐릿하게 보이는 얼굴이 궁금했던 거야.

쓰고 있던 중절모를 벗고서 나는 정중하게 고개 숙여 인사했어. 온전하게 드러난 안개얼굴에 다들 놀라서 마른침을 삼키더라고. 나는 그들을 향해 입을 열었어.

"보다시피 전 얼굴에 희한한 안개를 덮어쓴 남자입니다. 특수 분장이 아니죠. 이건 진짜입니다. 신기하죠? 오천 원짜리 한 장이면 만져도 보고 꼬집어도 볼 수 있습니다."

나는 손바닥을 펼쳐 손가락 다섯 개를 팔랑댔어. 그리고 중절모를 다시 머리에 쓰고 반대편 손을 안개 속에 집어넣었다가 다시 꺼냈지.

누구도 선뜻 손을 들고 내 앞으로 오진 못하더군. 작은 여자애가 엄마의 치맛자락을 붙잡고 칭얼대긴 했어.

"나, 만질래. 만져 볼래."

"안 돼, 지지야, 지지."

그때 외국인 노부부 중 노파가 손을 들더니 내 곁으로 다가왔어.

두 사람 모두 몸집이 아주 컸어. 단발머리의 백발 노파가 곁으로 다가왔지. 나는 중절모를 벗어 그녀에게 내밀었어. 노파는 지갑에서 오만 원짜리 지폐를 꺼내 내 중절모에 집어넣었어. 손가락 다섯 개만 보고 오만 원이라 생각한 거지.

주름진 얼굴의 노파는 잠시 긴장한 표정을 지었지만 어느새 안개얼굴로 손을 뻗었어. 주름이 자글자글한 손을 보자 울컥 눈물이 났어. 로즈마리가 떠올랐어. 로즈마리는 지금 어떻게 지내고 있을까? 이렇게 편의점에서 사람들에 둘러싸인 걸 알면 어찌 생각할까. 로즈마리 여사님, 나는 개가 아니라 뼈다귀가 되어 낮의 세상에 내던져진 것 같습니다.

내 눈에 눈물이 맺혔을 때 노파의 손이 내 얼굴을 어루만졌어. 내 얼굴의 윤곽을 잠시 느끼더니 눈을 감고 안개의 촉감을 음미하듯 잠시 머물렀어. 다시 눈을 떴을 때, 노파의 눈가가 눈물인지 땀인지 모르겠지만 어쨌든 축축했어. 안개에 감염된 듯.

"뷰티풀."

나는 영어를 몰라. 하지만 EBS를 보며 외화를 많이 봤기에 그게 좋은 뜻인 건 확실하게 알고 있었어.

노파의 미소를 보니 중절모에 집어넣은 오만 원이 결코 아깝지 않은 눈치였어.

나는 점원에게 오만 원을 내고 거스름돈을 받았어. 노부부에게 거스름돈 사만 원을 건네고 나머지 잔돈은 그냥 챙겼지. 영어가 짧아 그들에게 더 설명할 순 없었지만 그 정도 팁쯤 챙겨도 괜찮겠더라고.

편의점 밖으로 걸어 나오자 무언가 분위기가 달라져 있었어. 겁먹은 듯 지켜만 보던 사람들이 모두들 나에게 달려들었어. 내 얼굴을 만지려 안달하는 표정으로.

와글와글 밀려드는 사람을 보고 나는 겁을 먹었어. 그들은 텔레비전 브라운관을 뚫고 뛰쳐나온 괴물들 같았어.

횡단보도에서 당당하게 모자를 벗었지만 그때는 사람이 사람으로 안 보였거든. 나는 군중에 둘러싸인 적이 없었어. 사람들은 나에게 풍경일 뿐 살아 있는 존재가 아니었어. 사람들과 나 사이에 보이지 않는 장벽 같은 어떤 경계가 있었어. 그런데 편의점에서 나오면서 그 경계가 단숨에 깨지고 갑자기 군중이라는 해일이 밀려온 거야.

편의점 앞에서 인사동 끝자락 크라운베이커리가 있는 곳까지 한걸음에 내달렸어. 뒤를 쫓아오는 사람들이 점점 더 불어났어. 나중에는 아마 누가 누구를 쫓는지도 모르고 달라붙은 이들이 태반이었을 거야.

나는 숨이 턱턱 막혀 걸음을 멈추고 뒤돌아봤어. 모두들 내 얼굴을 갓 구워낸 맛 좋은 시식용 안개식빵처럼 바라보더라고. 한 사람이 손을 대면 다들 달려들어 뜯어 먹을 기세로.

"뭐야, 응, 뭐냐고."

크라운베이커리 앞 벤치에 앉아 있던 노숙자가 팔자걸음으로 내 쪽으로 다가왔어.

그 남자는 목이 짧고 땅딸막한 몸집이었지만 어깨가 넓어서인지 단단해 보였어. 까치집 같은 삐죽삐죽한 머리와 지저분한 수염 탓에 살찐 승냥이를 쏙 빼닮았지. 그는 손에 막걸리를 들고 있었는데 정말 어마어마한 악취를 풍기는지라 이미 몇몇 사람은 헛구역질을 하며 뒤로 물러났어. 숨이 가쁘니 숨을 계속 들이마셔야 하는데 악취가 코로 들어오지, 게다가 난 냄새에 예민하지, 제정신이 아니었어. 어쨌든 썩은 수렁에서 자란 승냥이의 등장에 사람들은 우우 뒤로 물러났어. 그는 사람들을 향해 막걸리를 뿌려 댔어. 사나운 욕설이 아름다운 전통의 거리 곳곳에서 터져 나왔어. 그러자 승냥이는 입고 있던 허름한 추리닝 바지를 내리더니 아예 팬티까지 내릴 기세였어. 가까이 다가오면 물어뜯는 대신 오줌을 갈길 모양이더라고. 나는 그 틈을 틈타 중절모를 더 푹 눌러쓰고 재빨리 도망쳤어.

4.

낡은 빌딩의 이 층 계단으로 겨우 몸을 피했어. 창문이 없는 그늘진 곳이라 중절모를 쓰면 내 얼굴이 잘 안 보이는 곳이었어. 계단에 앉아 떨리는 오른손을 왼손으로 꼭 움켜잡고 내가 해야 할 일을 생각해 봤어.

우선 로즈마리를 찾아갈 것. 지금쯤 로즈마리의 가슴은 시커멓게 변했을 테니까. 그다음에 지나를 만나 무슨 일이 있었는지 말하고.

'아니, 그런데 무슨 말을 어떻게 해야 하는 거야? 갑자기 엉뚱한 곳에 내던져졌는데.'

계단 밑에서 스멀대며 악취가 풍겨 왔어. 냄새만 맡아도 누군지 알겠더라고.

"이야, 여기 계셨네. 그런데 형은 한번 눈에 들어온 건 안 놓치는 사람이걸랑. 겁먹지 마, 형은 무서운 사람 아니야."

남자는 누런 어금니를 드러내고 씩 웃더니 점퍼 안주머니에서 명함을 꺼냈어. 때 낀 손톱과 달리 크림 색깔 명함은 반듯하고 반짝였어. 나는 명함을 받아 그의 이름을 읽었어. 수렁에서 자란 승냥이의 이름은 윤덕호였어. 그 옆에 캐스팅 매니저라는 직함이 붙어 있었지.

나는 그 직함이 뭔지 몰라서 그를 빤히 바라보았어.

"어렵게 생각 마. 그냥 사람 캐는 심마니야. 도시 어딘가에서 살아 있는 인삼을 캐내지."

윤덕호가 양쪽 손가락 두 개를 구부려 갈고리 모양으로 만들었어. 손톱에는 시커멓게 때가 껴 있어 정말 흙 좀 파본 사람 같더라고.

윤덕호는 내 앞에서 거창하게 설을 풀었어. 그의 목소리와 이야기와 구취와 호탕한 웃음과 온몸에서 진동하는 악취가 한 덩어리로 안개 속으로 파고들었지. 나는 엉겁결에 그의 말에 대답하다 또 목소리를 따라 하고 말았지. 그는 이런 원 플러스 원은 최고라며 엄지를 치켜들었어.

"좋아, 나랑 도장 찍은 거야. 나중에 딴소리하면 그땐 형이 맴매할 거야."

"그건 나중 일이고요. 날 집까지 보내 줄 수 있어요?"

"그러니까, 부랑자 아니야? 그 얼굴을 하고 있는데 너한테 보호자가 있어?"

내가 고개를 끄덕이자 윤덕호는 좀 골치 아픈 표정을 짓더군. 하지만 곧바로 점퍼에서 휴대폰을 꺼내 어딘가로 전화를 걸었어. 그는 상대가 받자마자 호탕하게 웃더니 당장 차를 가지고 날아오라며 버럭버럭 소리를 질러 댔어.

5.

우리는 윤덕호의 후배 강만호가 운전하는 터덜대는 중고 외제 차를 타고 보광동으로 향했어. 중간에 윤덕호는 마트에 들러 내 얼굴을 가리기 위한 마스크와 선글라스를 사다 주었어. 윤덕호가 영원한 후배이자 인생의 모토—바로 강만호가 멘토라고 정정해 주었어—라고 칭한 자그마한 남자 강만호는 운전 중에 계속 나를 힐끔댔어. 강만호는 통통한 몸집이었지만 어깨가 좁고 키가 작았어. 작은 눈에 안경을 쓰고 옅은 눈썹이 밑으로 처져 어딘가 순박한 인상이었어. 웃을 때면 큰 앞니와 살짝 돌출된 잇몸이 단번에 드러났어. 강만호는 로즈마리가 예전에 주워 온 그림책 속 살찌고 느리게 걷는 당나귀의 판박이였어.

"이야, 어떻게 얼굴이 저래? 그런데 이상하게 별로 무섭진 않다, 형."

"딱 보면 토할 것 같진 않고. 그냥 눈코입이 없는데 질리지는 않고."

두 남자는 차 안에서 내내 안개얼굴을 평가했어. 두 사람이 무슨 말을 하건 말건 나는 상관없었어. 우선 보광동으로 돌아가고만 싶었어.

강만호는 보광동 미주아파트 앞에 차를 댔어.

"여기서 기다릴 테니까, 할머니한테 우리가 이리로 잘 데려다 줬다고 잘 말하고 와, 알았지?"

차에서 내리자 윤덕호가 차창을 내리고 싱긋 웃었어.

나는 그들에게 대답하지 않았어. 그리고 뒤돌아보지 않고 폭이 좁고 미로처럼 구불구불한 오르막길을 오르기 시작했어. 익숙한 동네였지만 낮에 찾아와 보긴 거의 처음이었어. 그럼에도 발은 자연스럽게 집을 향해 움직였지.

로즈마리와 내가 사는 반지하방은 오르막길의 거의 끄트머리에 자리했어. 골목에 자리한 집들은 옥탑과 반지하에 방을 만들어 놓은 다 비슷비슷한 낡은 벽돌집이었어. 하지만 나와 로즈마리가 사는 집을 찾긴 쉬웠어. 오른쪽은 붉은 벽돌담, 왼쪽은 살구색 담벼락인 주택가 모서리에 자리한 삼층짜리 집만 찾으면 되니까. 나는 조심스럽게 남색 대문을 열고 들어갔어. 좁은 마당 구석에 녹슨 세발자전거가 세워져 있었지. 자전거를 보자 아주 짧은 순간이지만 슬퍼졌어. 페달을 밟으며 바퀴로 씽씽 달리는 게 어떤 느낌인지 나는 몰랐으니까. 나는 이 층으로 올라가는 콘크리트 계단 아래 그늘에 가려진 침침한 어둠의 계단으로 내려갔어. 구부정하게 허리를 숙이고. 밤마다 외출할 때면 삐거덕 소리를 내던 익숙한 작은 철문이 내 눈앞에 있었지.

조심스럽게 노크를 했지만 문은 열리지 않았어. 하긴 로즈마리가 백화점에 나가 있을 시간이니까. 문고리를 돌렸어. 잠겨 있었어. 주머니를 다 뒤졌지만 어디에도 예비 열쇠는 없었어. 나와 세상을 겨우 묶어 주던 끈이 뚝뚝 잘려 나간 기분이었어. 우선 무작정 집 앞에 쪼그려 앉아 로즈마리가 올 때까지 기다리기로 마음먹었어. 계단 그늘 아래 숨어 있으면 아무도 날 못 볼 테니까.

"어이, 너 뭐 하냐?"

낯선 목소리에 고개를 돌리자 윤덕호가 담배 한 대를 입에 물고 담벼락에 올라와 있더군. 어디선가 계속 퀴퀴한 냄새가 난다 했더니 승냥이였던 거지.

"그냥 차에서 기다리기도 좀 그렇고. 차에 냄새 밴다고 만호 그 자식이 어찌나 툴툴대는지. 뭐, 그래서 나온 김에 그냥 산책 좀 하다 보니까 여기까지 와버렸네."

"아직 할머니가 안 왔어요. 퇴근 시간이 안 됐거든요."

로즈마리가 원망스러웠어. 어느 백화점 청소부로 일하는지 말을 안 해줬거든. 물어봐도 알아서 뭐하냐면서 핀잔만 줬지. 게다가 로즈마리는 휴대폰까지 없으니 연락할 길이 도통 없었어.

전성분. 내가 알고 있는 로즈마리에 대한 정보는 전성분이란 이름이 전부였어.

윤덕호는 담장에서 훌쩍 마당으로 뛰어내렸어. 그는 내 옆에 앉아 혼자 계속 떠들어 댔어. 구체적으로 무슨 일을 하고, 또 하고 싶은지.

"이 형이 사연이 좀 많다. 내가 왜 이 꼴로 도망 다니는지 알아? 머리에 똥만 든 년을 돈으로 세탁해서 금칠해 놨더니 뺀질뺀질한 새끼하고 눈 맞아서 외국으로 냅다 날랐어. 내가 상심이 큰 놈이야. 하지만 이제 불행 끝 행복 시작이야. 힘만 합치면 험한 세상의 다리쯤은 쉽게 건널 수 있는 거라고."

나는 윤덕호의 말이 제대로 귀에 들어오진 않았어. 해가 질 때까지 로즈마리가 나타나지 않았으니까.

"뭔가 이상해요. 경찰에 신고해야 된다고요."

옆에 앉아 있던 윤덕호가 내 말을 듣고는 늘어지게 하품을 했어.

"그럼 당연히 그래야지. 우리 그 일은 만호한테 맡기자고. 생긴 건 어벙해도 일처리는 깔끔한 자식이야. 너하고 나는 우선 좀 씻자. 이거 둘 다 사람의 꼬락서니가 아니야. 짐승이다, 짐승."

6.

나는 비누로 여러 번 얼굴을 닦고 샤워하고 김이 서린 욕실 거울을 손으로 닦았어. 거울에 비친 내 얼굴을 바라봤어. 여전히 흐릿하게 안개에 가려져 있었지. 나는 고개를 숙여 아랫배에서 가슴께까지 몇 번이고 더듬었어. 여러 번, 떨리는 손으로. 옷을 벗고 샤워하기 전 나는 벌거벗은 몸을 내려다보며 멍하니 한참을 서 있었어. 배꼽에서 명치까지 길게 그어진 흉터가 있었어. 수술 자국이었어. 안개소년에게 달아 놓은 지퍼처럼 보였어. 그 지퍼를 아래로 쭉 내리면 나라는 존재가 아무 의미 없이 흩어져 버릴 것만 같았지. 나는 지퍼가 달리고 바퀴 대신 두 발로 걷는 안개트렁크였어.

뜨거운 물로 샤워를 하는 내내 생각하고 또 생각했어. 가을과 겨울 사이에 흐릿하게 남아 있는 기억들을 건져 보려고. 몇몇 일들이 짧은 단상으로 흩어지다 물줄기처럼 떨어졌어. 대략 어떤 일이 있었는지 알 것 같았어. 하지만 두 달간의 기억은 희미하고 뚝뚝 끊겨 있었어. 나는 꿈결처럼 계속 나른했지. 다만 확실한 건 내 살갗에 흉터를 남겼다는 거지, 그들이. 희미한 안개얼굴과는 다른 확실하고 징글징글한 자국으로.

왜 회장은 날 죽이지 않았을까? 죽이지 않아도 이미 죽은 몸과 다름없다고 여겼을 게 뻔했어. 그래서 날 그렇게 내동댕이친 거야. 하지만 난 죽지 않았어.

나는 변기에 올려 둔 속옷과 티셔츠를 입었어. 강만호가 빌려 준 반바지를 다리에 꿰고 욕실에서 나갔지. 반바지가 너무 커서 걸을 때마다 자꾸 흘러내릴 것만 같았어

의자에 앉아 노트북 모니터를 빤히 들여다보던 윤덕호가 고개를 돌렸어. 나는 윤덕호 앞으로 천천히 걸어갔어. 어깨에 젖은 수건을 걸친 그는 아직 팬티 바람이었어.

윤덕호가 내 쪽으로 돌려 앉았어. 시궁창 냄새는 안 나도 잡초처럼 돋은 지저분한 수염은 깎지 않아 무성했어. 뭐가 그리 기분 좋은지 팬티 안에 손을 넣어 긁으면서 히죽댔지. 그의 두툼한 허벅지엔 문신이 새겨져 있었어. 젖가슴을 빤히 드러낸 반라의 여자.

"한번 보라고. 인터넷이 어떻게 발랑 뒤집어졌나. 하긴 그럴 만도 하지. 인사동에서 대놓고 개지랄을 떨었는데."

윤덕호는 실시간 뉴스와 블로그나 카페에 올라온 사진을 링크해 가며 내 얼굴을 보여 주었어. 흐리흐리했지만 사진에 찍힌 나를 자세히 살펴보려 노력했어. 인사동 횡단보도에 서 있는 사진이 제일 많았어. 중절모를 손에 쥐고 안개얼굴을 드러낸 사진 말이야. 윤덕호의 말마따나 꽤 봐줄 만했어. 물론 편의점에서 한 손에 우유를 들고 나머지 한 손으로 허겁지겁 빵을 입에 욱여넣는 사진은 추했지. 안개 너머로 빵을 다시 토해 내는 사진보다야 낫겠지만. 노부인이 내 안개를 어루만지는 사진은 나름 감동적이었어. 개중에는 내 얼굴을 클로즈업해서 찍은 사진도 있었어. 그런데 사진은 많았지만 당최 보이질 않았어.

"이 사진엔 내 얼굴이 안 보이죠?"

"당연히 안 보이지."

"지금은요?"

윤덕호는 나를 빤히 바라봤어.

"난 한눈에 탁 알아봤잖아. 인사동 쪽으로 막 달려오는데 나하고 눈이 딱 마주쳤어."

물론 나는 전혀 기억이 안 나는 일이었어.

"그때 알겠더군. 내가 찾는 얼굴. 황금 뿔 달린 새끼."

윤덕호의 휴대폰으로 전화벨이 울렸어.

그는 전화를 받고 방으로 들어갔어. 웃음 섞인 거만한 목소리로 툭툭 무슨 말인가를 던지는데 아무래도 내 이야기를 하는 눈치였어. 일찌감치 그가 뿌린 떡밥을 덥석 문 사람들이겠지.

나는 인터넷에 올라온 내 기사의 제목을 읽었지.

서울 한복판에 나타난 안개소문! 그 남자는 누구인가?

"오케이, 방송 날짜 콜. 이번 주 토요일 '기인'에 출연."

방문을 열고 윤덕호가 소리를 지르며 냅다 다가와 주먹으로 내 배를 때렸어. 세게 갈기는 듯했지만 힘을 안 줘서 별로 아프지는 않았어.

"텔레비전에 나가면 사람들이 날 다 알아보겠죠?"

"그럼, 두고 봐. 대통령도 널 만나고 싶어 할걸. 궁금해서 못 견딜 거야."

나는 대통령 따윈 별로 만날 생각이 없었어. 다만 몇몇 사람이 나를 좀 알아봐 줬으면 했어. 방송을 볼 로즈마리와 지나에게 내 안부를 전하고 싶었어. 그리고 안개다리 회장과 안이 텔레비전으로 나를 지켜보길 기대했어. 그들이 내버린 안개뼈다귀가 안개새끼처럼 이를 악물고 살아남는 꼴을 보여 주고 싶었거든.

7.

고구려를 들썩이게 한 남자 연개소문! 그리고 지금 한반도를 발칵 뒤집어 놓은 남자 안개소문!

카메라가 나를 훑었어. 패널로 나온 연예인과 방청객 들이 북극에서 내려온 빙하얼굴의 설인인 양 안개얼굴을 바라보았지. 하지만 나는 바보처럼 앉아 있진 않았어. 윤덕호가 시키고 강만호가 써준 레퍼토리대로 담담하게 내 인생을 읊어댔어. 알고 보니 강만호는 데뷔만 못 했을 뿐 쌓아 둔 시나리오가 몇 박스나 되는 작가였어. 그는 낭만적이면서 슬프고 인간미가 넘치는 이야기를 칼국수 썰듯 쓱쓱 써 갈겼어. 그의 손끝에서 안개소년은 역경을 디디고 세상에 나온 씩씩한 안개소문으로 변한 거야. 로즈마리 역시 희생정신으로 손자를 돌본 여인으로 둔갑했지. 그는 내가 털어놓은 말들을 요리조리 잘라 내고 덧붙여서 그럴듯한 드라마를 만들었어. 하지만 회장과 만난 이야기는 흘려들었어. 안개가 온몸에 번져 나가는 안개남자의 이야기는 무시하고. 그래, 외로이 너무 오래 혼자 지내다 보면 다들 소설을 쓰기 마련이지, 이런 말을 하며 내 어깨를 툭툭 쳐주는 게 전부였지.

어쨌든 내 목소리로 안개소문의 일생을 읊었어. 축축하고 곰팡이 핀 곳에 숨어 있다 용기를 내 밝은 세상으로 올라온 반지하의 괴물, 미운 달걀귀신 새끼가 그렇게 알을 깨고 당당한 안개소문으로 태어났어.

"저도 여러분과 똑같아요. 밥 먹고 화장실도 가고. 그저 날 때부터 안개를 덮어썼을 뿐이죠."

내 목소리에 약간 울먹이는 기색이, 하지만 너무 궁상맞진 않게 잘 조절해서, 깃들였어.

"안개소문은 특별하지 않아요. 다만 우리와 아주 약간 다릅니다. 저는 이 안개가 이제 안 무서워요. 그래서 직접 안개소문의 얼굴을 만져 볼 겁니다. 무서우냐고요? 전혀 아니에요."

덩치가 산만 한 사회자가 내 얼굴을 직접 어루만졌어. 호빵 같은 손을 덜덜 떨면서.

그는 천천히 내 얼굴에서 손을 떼었어.

"이상하네. 안개가 평범하지 않아요. 특별한데요. 보슬비가 손등에 닿을 때 있잖아요. 그런 기분이에요."

"그래요, 저는 제 안개가 어떤 느낌인지 이상하게 모르겠어요."

나는 타이밍에 맞추어 사회자의 목소리를 따라 했어.

잠시 정적이 흐르다 와르르 웃음이 터졌어. 얼굴 없는 안개소문이 목소리가 있는 안개소문으로 변하는 순간이었어.

"저는 한 번 들은 목소리는 다 따라 해요. 세상이 뿌옇게 보이는 대신에 귀가 좀 예민합니다."

패널들은 돌아가면서 한마디씩 내뱉었고 나는 그 말을 즉석에서 전부 복사했어. 얼굴 없는 녹음기처럼.

8.

방송이 나가고 인터넷 곳곳에 안개소문의 동영상이 퍼졌어. 몇몇 의사들은 내 얼굴의 안개가 자가면역질환으로 인한 희귀한 돌연변이 현상이란 소견을 밝혔어. 잘난 척하는 점잖은 목소리로. 나는 남 원장의 이야기를 들은 바 있기에 그들의 말이 순간순간 그럴듯하게 에둘러치는 헛소리란 걸 알았어. 게다가 안개얼굴은 나 한 사람이지만 곳곳에 안개남자들이 퍼져 있다고 떠벌리는 의사는 아무도 없었어.

나를 두려워하거나 괴물처럼 여길 거라 생각한 사람들이 그렇게 단숨에 나를 좋아했어. 그런데도 로즈마리에게서는 연락이 없었어. 수사는 지지부진했어. 나는 매일 밤 로즈마리를 찾아 달라고 윤덕호를 닦달했어. 보름 정도는. 하지만 매일매일 스케줄이 늘어나면서 내 닦달은 점점 줄어들었어.

몸은 피곤하나 사는 게 즐거웠거든. 세 사람은 밤마다 술에 취해 건배했어. 안개얼굴은 붉어지지 않아서 두 남자는 계속 나에게 술을 먹였어. 술에 취하면 사람이 긍정적이 되더라고. 아름다운 여자들이 맨다리를 드러내고 우리 세 사람 옆에서 깔깔대며 웃는 밤도 이어졌지. 로즈마리가 어디에 있든 이런 나를 보면 기뻐할 거란 생각이 들었어. 그러다 잠들기 전에 살짝 로즈마리가 걱정됐지만, 아침에 일어나면 또다시 일이 많아 정신이 없었어.

방송에 나가거나 행사장에 가면 사인을 받겠다고 사람들이 몰려들었어. 다들 내 얼굴을 조금이나마 가까이서 보려고 안달했어. 왜냐면 텔레비전이나 사진으로 보는 안개소문과 진짜 내 얼굴은 워낙 달랐으니까. 다들 내 안개얼굴에서 그들 각자가 바라는 다른 얼굴을 발견하기 시작했거든.

처음에는 그 일이 즐거웠어.

"천사의 얼굴이 여기 있었어요."

한 노부인이 내 얼굴을 보며 울먹이다 주저앉았어. 그녀의 진솔한 눈물을 보고 난 두려워졌어. 나는 달걀귀신하고 닮은 사람이지 견갑골에 깃털 달린 천사는 아니니까.

게다가 내 얼굴을 만지기라도 하면 마음에 품은 소원이 이뤄진다는 어쭙잖은 소문까지 돌아서 더 난리였지. 모두들 안개얼굴을 향해 손을 뻗었어. 옆에 있는 윤덕호는 말리지 않았어. 그 덕에 내 얼굴은 사람들이 꼬집거나 잡아당겨서 언제나 시뻘겋게 부어 있었어.

"돈다발의 얼굴이 여기 있네요."

윤덕호는 나를 보면 언제나 신이 나서 웃어 댔어. 그는 습관처럼 꽉 쥔 주먹을 앞니로 깨물었어. 자기 말로는 뚜껑이 너무 자주 열려서 그렇다고 했어. 화딱지가 나면 소리를 크게 지르고, 기분에 따라 너무 잘 웃고 잘 울어서 감정 조절을 하려는 거래. 아무리 주먹이 끝내줘도 냉철하게 보여야 사람들이 만만하게 안 본다는 거였지. 그는 아직 빚쟁이들에게 빚을 다 갚은 건 아니지만 내 덕에 얼추 정리가 된 모양이었어. 놀라운 일이지만 빚쟁이들까지 내 얼굴만 보고 나면 다들 얌전히 돌아가곤 했어. 안개어음, 빚쟁이들과 윤덕호에겐 그게 내 얼굴이었어.

도대체 나는 어떻게 생겼을까?

나는 디지털카메라나 휴대폰으로 여러 차례 얼굴을 찍었어. 그러나 모든 사진은 안개, 그저 희뿌연 안개에 가려진 얼굴이 전부였어. 나는 내 얼굴을 볼 수가 없었어. 다만 직접 본 사람들의 이야기를 듣고 미루어 짐작하는 방법이 전부였어. 나는 안개얼굴에 대한 이야기를 자세히 듣고 싶었어.

어느 날 나는 강만호에게 지나가는 말로 부탁했어.

"형, 내 앞으로 메일 주소 하나만 만들어 줘요."

나는 승냥이 윤덕호는 형이라고 잘 안 불렀지만 당나귀 강만호는 금방 형이라고 불렀어.

보통 낯선 사람을 형이라고 부를 때는 두 가지 정도 이유가 있는 거 같았어. 하나는 배울 점이 있어 무척 따르려고. 다른 하나는 그 사람이 만만해 보이니 뜯어먹을 게 많아 보여서. 겪어 보니 강만호는 그 두 가지의 경우를 전부 갖춘 흔치 않은 사람이더라고.

강만호는 내가 메일 주소를 원하는 까닭을 듣고서 좋은 아이디어라고 치켜세웠어.

"네 얼굴은 뿌옇고 은밀한 편지지야. 다들 거기에 어떤 사연을 적고 싶어지겠지. 한 줄 두 줄…… 어느덧 속 깊은 이야기까지."

강만호의 말대로 메일 주소가 공개되자 수많은 이메일이 안개소문의 주소로 도착했어. 대부분 짧은 한두 줄의 사연이 전부였지만 긴 편지들 중엔 나를 놀라게 한 글이 적지 않았어. 안개 없는 사람들은 참 많은 생각을 하면서 살아가더라고. 어쩌면 사람들의 두뇌와 두개골 사이에 뿌옇게 뭔가가 껴 있는 게 아닌가 싶었어.

9.

안개소문, 나는 늙은이요. 그리고 목사지. 나는 예수를 본적이 있소. 아니, 지금은 보지 못하오. 다만 사람들이 원하는 예수의 얼굴이 무엇인지 그건 압니다. 예수님은 어쩌면 세종대왕과 닮았거나 아니면 신사임당처럼 생겼는지 모르오. 하지만 이황이나 이이는 아니지.

젊었을 땐 진짜 예수의 얼굴을 봤지. 한국전쟁 당시 나는 위생병이었소. 나는 피 칠갑을 하고 죽어 가는 젊은 청년들과 함께했소. 눈에 더러운 붕대를 둘렀거나 두개골이 함몰된 그들의 몰골은 끔찍했소. 죽어 가는 자의 비명과 떨리는 손과 울먹이는 목소리가 아직도 늦은 밤이면 내 귓가에 메아리치오. 십자가를 짊어지고 어리석은 인류를 위해 희생했던 예수의 얼굴이 전쟁터의 비극 속에 있었소. 그 젊은이들의 피가 나를 목사의 길로 인도했다고 생각합니다.

안타까운 일이지만 사람들은 예수를 위대한 장군님처럼 생각합디다. 복을 명령처럼 내리는 사람으로 알지요. 때론 신도들의 열망이 성직자를 감염시킨다오. 아니지, 어쩌면 그 반대인지 몰라. 물론 이건 변명이오. 하지만 평생 이 응어리진 변명을 입 밖에 내지 않았소. 당신에게 털어놓는 까닭은 그 희미한 얼굴 속에 피범벅이 된 청년이 보였기 때문이오.

응어리를 이렇게 털어 내니 마음은 편합니다. 하지만 너무 늦은 것 같아. 내뱉지 못하고 마음에 꾹꾹 묻어 둔 변명이 암 덩어리로 변했으니 말이오. 나는 죽어 가고 있고 목사로 살았으나 천국에 갈 수 있을지 의심스럽소. 예수의 목소리를 독한 항생제처럼 전파한 사람이 바로 나니 말이오. 얼굴 없는 청년, 나는 목사가 아니라 여전히 전쟁터에 있는 위생병이오.

이 세상 모든 만물은 기의 응집과 흩어짐입니다. 신묘하게도 기는 모이면 다양한 만물로 변모하고 흩어지면 아무것도 보이지 않습니다. 보이나 보이지 않는 그 무엇, 이 세상에 존재하지 않는 듯 보이나 존재하지 않으면 세상이 멸망하고 마는 그 에너지. 그것이 바로 기입니다. 기는 이 세계의 모든 만물을 감싸는 눈에 보이지 않는 안개와 같습니다.

텔레비전에서 처음 당신을 보았을 때 나는 얼마나 놀랐는지 모릅니다. 나는 기철학을 공부하며 강원도 오지에서 홀로 수행하는 선지자입니다. 나는 눈에 보이지 않는 에너지를 어떻게 증명할지 늘 고민했지요. 우리는 모두 천박한 존재, 눈에 보이지 않으면 존재하지 않는다고 믿는 세상에 살고 있으니까. 다행히 이 오지에까지 위성 안테나가 들어와서 내가 당신의 얼굴을 텔레비전으로 볼 수 있으니 참으로 다행한 일입니다.

　당신의 안개얼굴, 그것의 정체를 알려 드리지요. 바로 기의 응어리입니다. 대개 우리 인간은 여인의 자궁에 착상되어 남자와 여자, 즉 음양의 기가 모여 하나의 생명체가 됩니다. 희뿌연 기의 에너지가 태아를 인간의 꼴로 만들어 줍니다. 인간의 꼴이 완성되면 이 기의 에너지는 육체의 주변을 감돌며 눈에 보이지 않는 에너지로 변하지요. 하지만 어찌 된 까닭인지 당신의 얼굴을 감싼 에너지는 흩어지지 않고 그대로 낯짝에 고이고 말았소. 외람된 말이지만 기의 장애라고 할 수 있습니다. 원인은 당신을 직접 만나서 안개에 감춰진 관상을 살펴봐야 알 수 있을 듯하오.

　당신은 그러니 고통받을 필요는 없습니다. 당신은 괴물이 아닙니다. 안개얼굴처럼 뿌옇지 않을 뿐 우리 인간은 늘 눈에 보이지 않는 기의 에너지에 둘러싸여 있으니까요. 기철학을 수행하는 나는 물론이고, 속세의 무지몽매한 사람들 역시 마찬가지요. 우린 늘 안개인간이요, 눈에 보이거나 보이지 않거나 그 둘 중 하나일 따름이지요.

　한 가지 부탁이 있는데, 주소와 약도를 첨부할 테니 한번 방문해 주시오. 함께 사진이라도 찍었으면 좋겠거든. 기철학의 증거로 안개소문, 당신이 필요하오. 당신은 기가 눈에 보이는 현상이라는 진실을 보여 주는 하나뿐인 존재니까. 만일 당신이 내 앞에 당당하게 모습을 드러내지 못한다면 당신은 안개가면을 쓴 모사꾼에 불과할 것입니다.

안개소문, 나는 열일곱 살이에요. 키도 작고 못생겼습니다. 안경이 두꺼워 작은 눈이 더 작아 보이죠. 여드름은 이 두툼한 얼굴도 모자라 등짝과 가슴팍까지 습격했죠. 내 별명은 후천성호감결핍증. 상관없어요. 나는 마법 지팡이를 갖고 있으니까.

나는요, 여자가 좋아요. 여자는 마법 상자 속에 들어 있는 아름다운 아이템 같아요. 여자는 포크로 건드리기 미안한 달콤하고 예쁜 케이크죠. 아주 많이 사랑해 주고 싶어요. 발가락부터 머리카락 한 올까지 입에 넣고.

안타깝게도 내가 사랑하는 소녀는 동영상 속에서 살아요. 그 소녀들은 착해요. 남자를 위해 정액을 파리바게트 생크림처럼 먹고 애교 있는 눈망울로 커다란 가슴을 깜찍하게 흔들어 주죠. 현실의 여자들은 말만 많고 시끄러워요. 내가 지나가면 늘 속닥속닥, 틀림없이 내 욕을 지껄일걸요. 하지만 다들 모를 거예요. 내가 얼마나 큰 자지를 가지고 있는지. 세우면 일회용 부탄가스통만 하거든요.

화가 나는 건 단지 우리 반 개새끼들 앞에서 자랑을 못한다는 거. 개네들이 날 둘러싸고 놀려 대면 거기가 쪼그라드니까. 하지만 내가 어른이 되면 녀석들은 전부 내 발밑이거든. 나는 동영상에 나오는 것처럼 착한 여자들을 거느리고 밤을 보낼 거니까. 내 뜨끈한 정액을 삼키면 부탄가스를 마신 것처럼 핑핑 돌 테니. 훗, 안개소문보다 부탄가스맨이 잘나갈걸.

후훗, 안개소문. 넌 그냥 돌연변이야. 당신과 나의 차이는 얼굴이 보이느냐 안 보이느냐 그거 하나야. 나는 후드를 쓰고 선글라스를 쓰고 마스크로 입을 가리고 사인회에 참석해서 네 얼굴을 봤어. 안개에 가려진 진짜 얼굴을 봤지. 끔찍해서 토가 나왔어.

안개소문, 나는 직접 당신을 본 적이 없어요. 하지만 오늘 밤엔 당신에게 편지를 쓰고 싶어지네요.

나는 가정에 별다른 불만 없이 두 아이를 키우고 고위 공무원인 남편의 뒷바라지에 충실하며 살아온 장년의 여인입니다. 남편과 나 두 사람 사이는 살갑다고 하긴 어려워요. 대신 하늘이 맺어 준 인연으로 생각하고 독실하게 부부 관계를 유지했습니다. 우린 비슷한 조건의 집안에서 만났고 둘 다

성격이 까다롭죠. 남편은 밥그릇에서 행주 냄새가 난다면서 애써 담은 유기농 잡곡밥을 버리라고 할 정도로 깐깐해요. 그래도 서로에게 큰 생채기를 입히지 않으려 노력하며 남편과 아내의 역할에 충실했어요. 행복한 부부 생활이었다고 생각합니다. 남들에게 손가락질 받는 삶을 살진 않았으니까요. 아이들도 잘 자라 주었고요.

매주 화요일 오전이면 나는 베란다에서 홀로 난초 잎사귀를 닦아요. 콧노래를 부르다 한숨이 터져 나오지요. 약간의 빈혈성 어지러움에 몸을 비틀대다 얕은 한숨을 내뱉고 잠시 거실로 들어와 소파에 앉아요. 손마디가 저리고 눈자위가 시큰대며 금방 눈물이 봇물로 툭 터질 것 같은 기분이 들죠. 그런 시간이 나를 사슬처럼 옥죄면 베란다 창문을 통해 테이블에 쏟아지는 햇빛처럼 어떤 추억을 떠올려요. 한 사람, 또 한 사람 나에게 다정하게 대해 주었던 신사들이 아른거립니다. 물론 남편과 만나기 전 사귀었던 사람을 말하는 건 아니에요. 어린 시절 다정하게 안아 주었던 외삼촌, 길을 물었을 때 친절히 가르쳐 주었던 은발이 멋진 노신사, 서로 이끌렸으나 결국 마음을 확인하지 못한 대학 선배. 나를 스쳐 간 흐릿한 남자들이 아른거려요. 어둡지 않은 따사로운 느낌의 그림자로.

어느 순간 그들의 얼굴은 부드러운 미소를 지닌 미지의 남자로 다가와요. 넉넉한 셔츠를 입고 옆자리에 앉아 내 어깨를 다독여 주죠. 냉정한 남편과 달리 포근하지만 얼굴은 보이지 않아요. 물론 현실에서 그런 남자는 존재하지 않아요. 난 남자를 믿지 않아요. 물론 여자도 믿을 수 없죠. 남편을 유혹했던 몇몇의 여자들 중 한 아가씨는 나를 화분 같다고 말했대요. 베란다 구석에 놓여 있는, 꽃도 없이 버려진 텅 빈 화분. 남편은 그 이야기를 하며 웃었습니다. 왜 남자들은 다른 사람을 바로 코앞에서 짓밟으면서 기쁨을 느낄까요? 그건 예의가 아니지 않나요? 나는 남편의 웃는 얼굴을 빤히 바라보며 담담하게 말했습니다. 밥이나 먹어요. 나는 남편의 저녁 식탁을 챙겨 줍니다. 잘 차린 식탁은 우리가 행복하다는 가장 명확한 증거니까요. 오래된 부부 생활은 명확한 그 무엇이 없으면 남남과 다를 바가 없어요.

아, 이야기가 다른 쪽으로 새 나갔네요. 나이가 들어서 그런지 늘 그런 식입니다. 글을 쓰다 보면 내가 하고 싶은 이야기들이 흐릿한 세계로 흘러가 버리는 기분이 듭니다. 나는 그래서 일기를 써요. 일기를 쓰지 않으면 나란 사람 자체가 흐릿한 세계로 내던져진 기분이 드니까요. 가끔 아무 일도 일어나지 않는 날엔 일기 대신 이렇게 부치지 않는 편지를 씁니다.

벌써 자정이 넘었군요. 남편은 아직 돌아오지 않았어요. 나는 화장대 거울에 비친 탄력 없는 얼굴을 잠시 들여다보다 홀로 잠자리에 들겠죠.

잘 자요, 안개소문. 오늘은 누군가에게 굿나이트 인사를 할 수 있어 행복하네요.

안개소문, 남자에게 편지를 써보는 건 오랜만이야. 내가 자네보다 인생 선배인 것 같으니 반말로 하지. 중 · 고등학교 때나 군대에 있을 때 친구 녀석 몇몇에게 편지를 보낸 적은 있었지. 그 후로 남자에게 편지를 쓴 적은 없어. 심지어 아들 녀석한테도 편지는 낯간지러워 못 쓰겠더라고. 지나가다 슬쩍 얼굴을 본 놈한테 이따위 글을 쓰고 있는 내가 사실 우스꽝스럽긴 해.

솔직히 무척 부러웠어. 안개를 뒤집어쓰고 있지만 꽤 여유로운 표정이 보였거든. 나는 지금껏 그렇게 여유롭게 살지 못했으니까.

학창 시절엔 공부를 꽤 잘했어. 자랑은 아니라고. 안타까운 일인데 엄지손가락이지만 최고의 엄지는 아니니까. 반에서는 일등이지만 전교 일등이 아니라는 거지. 말 그대로 절벽에

서 있는 일등이지. 나는 늘 불안했고 위산과다와 조급증에 시달렸어. 그 덕에 언제나 반에서 일등 수준은 유지했지.

행복했던가? 그건 잘 모르겠어. 열심히 산 것만은 틀림없어. 그렇더라도 불안과 위산과다와 조급증은 그대로였지. 나는 스트레스가 쌓이면 빠른 시간에 풀어야 했어. 안 그러면 더 불안해서 미치니까. 천천히 풀 여유는 없었어. 학창 시절엔 딸딸이를 쳤는데 야한 잡지를 들척이는 시간이 아까워 머릿속으로 상상하며 일 분 안에 끝냈어. 아랫도리에 힘이 풀리면서 졸음이 쏟아지기 전, 암기력이 약해질까 두려워 재빨리 영어 단어를 외웠지. 자위하면 머리가 나빠진다는 속설이 있었거든. 그 후 직장 생활을 한 후로는 줄곧 화류계 여성에게 풀었던 것 같군. 그때도 상당히 서둘렀어. 상대의 기분 따위 신경 쓸 여유가 없었지. 무조건 열심히 살았어. 그건 틀림없지. 물론 조급증에 당뇨에 고혈압까지 생겼지만.

그래서 네 얼굴이 부럽더군. 어떻게 그렇게 여유롭지? 안개 따위를 얼굴에 뒤집어쓰고. 솔직히 약간 정신적으로 문제가 있으리란 생각이 들기는 해. 평생 흐릿한 시야로 살아가다 보면 정상적인 사고를 하기에 어려운 부분이 있을 테니까.

나는 안개 속에서 살아가는 인간에 대해 곰곰이 생각해 봤어. 난생처음이었지, 나나 내 가족이 아닌 다른 사람에 대해 오래도록 생각한다는 건.

깊은 밤 잠들기 전 몸을 뒤척이다 나는 대학 시절 계곡에 빠졌던 일이 생각났어. 친구들과 등산을 갔을 때였어. 산에서 내려오다 땀에 젖은 몸을 식히려고 풍덩 계곡에 뛰어들었지. 눈으로 보기엔 얕았지만 알고 보니 엄청 깊은 곳이었어. 속은 거지. 나는 온몸을 휘적대며 물 밖으로 빠져나가려 버둥거렸어. 하지만 아무리 애를 써봤자 내 몸은 수면 위로 떠오르지 않았어. 숨만 점점 가빠 왔지. 문득 이렇게 죽는구나, 하는 생각이 들었어. 희한하게 그렇게 마음먹자 온몸이 나른하니 편안해지는 거야. 나는 슬그머니 미소를 지었어. 내 몸의 나사가 하나하나 풀리면서 고스란히 물에 녹아드는 기분으로. 정신이 흐릿해지던 찰나 친구 하나가 뛰어들어 나를 물에서 건져 냈어. 나는 친구의 팔이 몸에 닿자마자 다시 버둥거렸지. 삶에서 죽음으로 자연스럽게 흘러갈 때의 여유로움 따윈 까맣게 잊어버린 채.

물에서 겨우 빠져나온 사람처럼 나는 온몸이 땀으로 흠뻑 젖은 채 침대에 누워 가쁘게 숨을 내쉬었어. 옛일이 떠오르자 네가 어떤 인간인지 알 것 같았어.

안개소문, 너는 망망대해에서 혼자 떠도는 사람과 다름없어. 주위를 둘러봐도 일렁이는 잿빛 바다밖에 안 보이겠지. 하지만 넌 공포에 떨진 않을 거야. 오히려 담담하게 망망대해를 받아들이겠지. 시간이 흐를수록 너를 둘러싼 모든 환경이 즐겁게 여겨질지 몰라. 일렁대는 물결이 공포의 철벅거림이 아니라 다정한 목소리로 들릴 거야. 인간의 감정이란 게 지극히 절망적인 상황에선 날이 서는 게 아니라 오히려 무뎌지기 마련이거든. 그렇지 않으면 손발이 오그라들어 미쳐 버리고 말 테니까.

사실 너한테 한 가지 털어놓을 게 있어. 내 혓바닥 안쪽, 그러니까 구역질이 날 만큼 혀를 길게 빼면 그곳에 안개가 고여 있어. 아무리 뱉어 내도 토해지지 않는 가래처럼. 의사 말로는 치료법이 없는 대신 고통도 죽음도 없는 그저 단순한 현상이라고 하더군.

나는 되도록 안개를 생각하지 않으려 해. 안개는 질병이 아니라 그저 현상이니 말이야. 하지만 내가 이런 말을 너에게 들려주면 어떻게 될까? 최근에 한 안개남자가 호흡기에 안개가 가득 고여 죽었다는 글이 안개남자들의 커뮤니티에 올라왔어. 안개가 살갗에 고이면 괜찮지만 내장을 침범하면 그건 곧 죽음이 가까워져 온다는 뜻이지. 물론 그 글은 새벽에 올라왔고 올라온 지 몇 시간 만에 사라졌어. 아는 사람만 아는 글이 되었지.

어때, 두렵지 않아? 너를 믿지 마, 여유로운 표정은 그냥 착각에 빠진 얼굴에 불과해.

10.

안개소문, 나는 안입니다. 당신이 내 메일을 보고 답장을 보내도 받지 못할 거예요. 당신이 확인하면 곧장 메일 주소를 없앨 거니까요.

내가 이 편지를 쓰는 건 약간의 죄책감 탓입니다. 나는 그리 좋은 사람은 아니에요. 하지만 타인의 영역을 마음대로 휘젓는 짓은 혐오합니다. 그건 내 윤리에 맞지 않아요. 나는 내가 세운 윤리에 따라 움직여요. 남들 눈에 어떻게 보이건 상관없죠.

그때 내가 화를 내듯 예쁜이, 그러니까 회장의 계획을 털어놓았던 까닭은 그래서예요. 그날 밤 당신이 도착하기 전에 나와 회장은 심하게 다퉜어요. 나는 이 세상 누구도 심지어 하느님이나 부처님일지언정 한 개인의 몸을 헤집을 권리는 없다고 생각하는 사람입니다. 하지만 회장은 이해하지 못했어요. 그는 원인을 밝히지 못하면 못 견딥니다. 유전자에 문제가 없다면 신체 구조 어딘가에 흠이 있으리라 확신하더군요. 기계를 뜯어보듯 당신을 해부할 작정이었죠. 그 일이 당신이란 존재에게 충격으로 다가오리란 건 회장의 관심사가 아니었습니다. 더구나 그는 안개얼굴인 당신을 인간으로 생각하지 않았어요.

나는 당신의 술잔에 마취제를 타는 임무를 맡았어요. 언제나 그렇듯 회장에게 굴복했죠. 아, 어수룩한 의사 선생은 끔찍한 계획을 몰랐어요. 단순히 예쁜이가 안개소년을 만나고자 하는 줄로만 알았죠. 나는 맨 정신에 도무지 그 일을 할 수 없을 듯해 계속 술을 마셨죠. 그때 당신과 바보 같은 의사 선생이 운명의 문을 두드렸어요.

당신에게 회장의 말을 통역하는 순간까지 나는 계속 갈등했어요. 눈앞에 있는 안개소년이 몇 시간 후에 수술대에 누워 있을 모습이 빤히 머릿속에 그려졌어요. 운에 맡겼어요. 회장의 계획을 술주정처럼 털어놓은 건 그래서였어요. 나는 그때 취하지 않았어요. 취하고 싶었지만 정신은 점점 또렷해지기만 했죠. 어쨌든 내 말이 암시하는 바를 알아듣고 당신이 나가 버린다면 행운아, 그대로 남아 있다면 회장의 지시에 따라 마취시켜 버리기로. 안타깝지만 당신은 어떤 모험을 기대하듯 회장과 이야기를 나누더군요.

처음 보았을 때부터 당신의 안개얼굴이 무섭거나 거부감

이 들지는 않았어요. 나는 회장의 안개다리를 처음부터 지금까지 쭉 지켜봐 왔어요. 안개 따위 별것 아니었죠.

우리 둘만 남았을 때 기억나요? 당신이 잠깐 딴생각에 빠져 있었을 때 말이에요. 그 짧은 순간 나는 안개에 감춰진 얼굴을 봤어요. 그 얼굴이 확실히 떠오르진 않아요. 다만 꽤 순수한 얼굴이었어요. 겁에 질려 있는 듯도 하고 호기심에 갸웃거리는 듯도 하고.

만일 내가 당신을 동정하지 않고 사랑했다면 마취제를 술에 타진 않았겠죠. 당신이 욕실에서 샤워를 할 때 난 담배 한 대를 피웠어요. 떨리는 마음이 가라앉자 나는 재떨이에 떨어진 담뱃재를 물끄러미 바라보며 결정을 내렸어요. 어쨌든 예쁜이를 사랑하기 때문에.

예쁜이를 사랑한 건 돈과 권력을 쥐고 흔드는 사내라서가 아니에요. 나는 남들이 모르는 예쁜이의 감정적인 부분을 알아요. 쓸쓸해하거나 슬퍼할 때의 표정이나 태도를 알죠. 아마 그 남자의 와이프도 모를 거예요. 그에게 감정이란 꾹꾹 숨겨야 할 괴물의 약점이죠. 아마 회장은 나를 혐오하는 동시에 사랑할 거라고 생각해요. 그는 이제 내가 아니면 낯설고 별 볼일 없는 타인과 어떻게 대화를 나누는지조차 잊어버렸을 테니까요. 나는 그를 배신할 수 없었어요.

나의 운명이 조금은 서글프지 않나요? 하이힐 때문에 발을 삐끗하는 건 위험하지 않아요. 그저 많이 욱신거릴 따름이죠. 하지만 남자에 대한 안쓰러운 마음이 발목을 잡아 인생이 삐끗하면 감당하기 힘든 일이 종종 일어나죠.

어쨌든 예쁜이가 당신에게 한 일은 끔찍했어요. 수술은 두 번으로 예정됐었어요. 우선 당신의 장기와 신체 구조를 전체적으로 살피려고 배를 갈랐습니다.

회장은 태연한 얼굴로 말없이 당신의 장기와 뼈를 들춰 보고 헤집었어요. 심지어 위나 간을 갈라 보자고 제안해서 담당의가 그를 말리느라 진을 뺐다고 들었어요. 담당의는 신체 구조상 당신과 평범한 인간 사이에는 아무런 변별점이 없다고 강조했어요. 회장은 고개를 끄덕이고 손으로 덮으라는 지시를 내렸습니다. 너무나 담담하게. 담당의는 나에게 클레임이 걸린 제품의 문제점을 확인하고 폐기 처분 시키라는 눈빛이라고 표현했어요.

사흘 후에 있을 이 차 수술은 머리와 등을 갈라 뇌와 척수를 살피는 수술이었습니다. 일 차 수술보다 더 위험하고 자칫하면 목숨이 위태로운 수술이었죠. 회장은 회복실로 들어와 아직 깨어나지 못한 당신을 오래도록 빤히 들여다봤어요.

회장은 이 차 수술을 포기하겠다고 나에게 말했습니다. 예뻔이는 타인과 조화를 이루지 못할 뿐 바보는 아닙니다. 안개가 다리를 습격한 후 광적으로 변하긴 했지만 원래 판단이 빠르고 영악해요. 무자비하지만 자비가 어떻게 사업에 도움이 되는지 아는 그런 사람이죠. 일 차 수술만으로도 당신을 아무리 분해해 봤자 안개의 원인 따위는 찾을 수 없다는 걸 깨달았다고 생각합니다.

어쨌든 용서를 부탁해요. 물론 무조건 변명만 하려고 메일을 보낸 건 아니에요. 안개소년, 비밀을 알려 줄게요. 당신의 외할머니가 있는 곳이 어디인지 난 알아요. 그녀는 경기도 가평의 '미덕의 집'이란 노인 요양원에 있어요. 회장의 기업에서 후원하는 곳으로 시설은 좋아요. 아무나 들어갈 수 없는 곳이죠. 하지만 중증의 치매 환자로 서류를 속여 그곳에 보냈으니 당신이 찾아가지 않으면 빠져나오기 어려울 겁니다.

당신 외할머니의 존재를 삭제시킨 건 회장의 의지였어요. 육체에서 안개의 원인을 찾지 못하자 예쁜이는 이제 관심을 다른 쪽으로 돌렸어요. 당신을 더 이용할 방법을 연구했죠. 그는 안개남자가 세상에 홀로 내던져졌을 때 과연 어떤 일이 벌어질지 궁금해했죠. 예쁜이는 다리를 뒤덮은 안개가 세상에 알려질까 두려워하니까요. 그 두려움의 결과를 머릿속으로 상상하는 대신 직접 눈으로 보고 싶었겠죠. 그런 이유로 회장은 당신을 세상에 내던지고 하나뿐인 가족인 외할머니를 도시에서 사라지게 한 거예요. 회장의 뛰어난 정보력으로 그녀를 찾는 일은 식은 죽 먹기였어요. 보광동에 살고 백화점 청소부란 사실만으로 찾아냈죠. 회장은 당신을 곧장 퇴원시키는 대신 마약성 진통제를 번갈아 투입해 가며 근 한 달을 개인 병원 독실에 내버려 두었어요. 당신과 세계 사이에 더 확실하게 간극을 만들려고 말이에요.

당신은 안개모르모트. 긴 꼬리와 흰 털이 아닌 안개로 덮인 실험용 흰쥐였던 셈이죠.

물론 다른 부분이 있다고 생각해요. 내 추측이긴 하지만 예쁜이는 인간이 아니라고 여겼던 당신에게 차차 어떤 감정을 느꼈다고 생각합니다. 미움이나 사랑 따위의 단순한 단어로 설명할 수 없는 복잡한. 좀 지나친 생각이긴 하지만 반항하는 아들의 몰락을 바라는 아버지의 마음이랄까요? 최근 예쁜이는 불쾌한 일을 겪었습니다. 지분을 많이 보유한 임원들과 주주들이 힘을 합쳐 그를 몰아내려는 계획을 세우다 실패했거든요. 그 일에 예쁜이의 세 아들이 가담했어요. 비록 쿠데타는 흐지부지 끝났지만 예쁜이는 그 후로 좀 더 괴팍한 성격으로 변했어요. 예쁜이는 늘 그의 아들들을 하찮게 여겼어요. 남의 말에 휘둘리다 일을 그르치는 바보들이라고 내게 말하곤 했죠. 하지만 냉혹한 눈빛의 아버지 앞에서 고개를 숙이던 바보들이 뒤에서 칼을 간 셈이었죠. 아마 그때의 불쾌함이 안개얼굴을 한 당신이란 존재에게 전이된 건 아닐까요? 당신을 끝까지 부서뜨리려는 일그러진 욕망의 기원이 된 건 아닐까요?

회장은 당신의 미래를 예측했어요. 안개소년은 일주일 안에 자살하거나 아니면 사람들에게 폭행당해 중상을 입을 거라고. 예쁜이는 자신의 다리를 감싼 안개를 저주해요. 그러니 당연히 사람들이 안개얼굴을 한 남자에게 돌을 던지리라 여긴 거죠.

그 앞에서 대꾸하진 않았지만 난 달랐어요. 말했잖아요, 당신에겐 사람을 끌어당기는 무언가가 있어요. 인간이란 확실한 것을 좋아하는 척할 뿐, 실제로는 불확실한 것에 손을 내밀죠.

종로 사거리에 당신을 내버린 사람 역시 바로 나예요. 아마 수면제에 취해 긴가민가할 거예요. 나는 그곳에 당신을 내버려 두고 멀리 가지 않고 숨어서 지켜봤어요. 당신이 횡단보도를 당당히 걸어갈 때도 지켜볼 뿐 다가가진 않았죠. 어차피 나는 당신에겐 악녀. 악녀는 남자의 인생에 브레이크를 걸지 않아요. 운전하고 있는 남자의 옆에서 팔뚝의 솜털을 부드럽게 어루만져 낯선 길로 차를 몰고 가게 인도할 따름이죠.

11.

다음 날 바로 가평으로 출발할 작정이었는데 오전에 행사가 잡혀 있었어. 지방의 한 겨울 축제에서 가만히 서서 얼굴을 들이밀고 사람들 목소리만 따라 하면 끝이었지. 나는 사람들이 사진 찍는 내내 무대에서 손을 흔들었어. 어제 내린 눈으로 산은 하얗게 얼어붙어 있었어. 그 지역 군수의 목소리를 앵무새마냥 따라 하자 관람객들이 웃었어. 까르르르 키득키득 쿠쿠쿠. 나는 별로 안 웃겼어. 문득 옆에 서 있는 군수의 얼굴에 가래침을 뱉으면 어떨까 싶었어. 안개가래라고 신기하게 여기고 자기 얼굴에 안개로션처럼 발라 볼까? 나는 입안에 침을 모았다가 뱉기 직전 다시 목구멍으로 삼켰어. 안개소년과 안개소문의 차이. 낮의 세상에서 안개소문은 얄팍한 체면을 하나 익힌 셈이었어.

관람객들이 서 있는 뒤편에 작은 눈사람이 하나 있었어. 누군가 장난삼아 만들어 놓은 모양인데 이목구비가 없었어. 눈사람은 따가운 햇볕에 조금씩 얼굴이 뭉개지고 있었어. 문득 그 눈사람이나 안개소문이나 비스름하게 여겨졌어. 눈이 녹지 않을 때까지만 사랑받는 눈사람, 눈이 녹으면 아무도 기억하지 않는 눈사람.

행사를 끝내고 원래는 서둘러 서울로 올라와야 했어. 오후와 저녁에 백화점과 대형 마트에서 행사가 있는데 그 중간에 레슨 시간을 잡아 놓았거든. 노래를 배우라고 강사를 붙여 줬는데 윤덕호는 아마 나를 트로트 가수로 키우려고 했었나봐. 안개소문에서 안개카나리아로. 사람들이 안개얼굴에 싫증을 낼 무렵이면 새로운 재주를 선보여야 한다는 주의였지. 거기다 행사를 뛸 때 더 비싼 가격을 부를 수도 있고. 원 플러스 원이 아니라 원 플러스 투로. 하지만 음악이 얼마나 내 귀에 끔찍하게 들리는지 아직 윤덕호에게 말하지 않았어. 강만호에게는 고백했지만 그는 차차 생각해 보자고만 하며 문제를 뒤로 미뤘지.

이번 문제 역시 마찬가지. 하지만 나는 물러서지 않고 서울로 돌아가는 차 안에서 강만호를 설득했어. 나는 사실 그동안 로즈마리를 잊고 있었어. 내가 바쁘고 그녀가 어디에 있는지 잘 모른다는 이유로. 안개소문에겐 외할머니 따윈 없는 거나 마찬가지였어. 하지만 이제 로즈마리가 어디에 있는지 알게 되자 다시 안개소문으로 돌아갈 자신이 없었어.

나를 동생처럼 여기는 강만호지만 쉽게 차를 가평으로 돌리지는 못했어. 이번 주는 스케줄이 꽉 찼으니 다음 주에 시간을 비워 놓고 그때 찾아가도 늦지 않는다는 거였지. 지금 당장 가나 일주일 후에 가나 요양원 늙은이들의 시계는 늘 그대로일 거라면서. 강만호가 머뭇대는 이유를 모르는 건 아니었어. 가끔 윤덕호가 술이 떡이 되면 방으로 끌고 가 홧김에 강만호를 두들겼어. 강만호는 낡은 샌드백처럼 짧은 신음만 내뱉으며 쏟아지는 주먹세례를 그대로 견뎠어. 나는 늦은 밤의 매타작 소리를 일부러 못 들은 척했지.

"형은 도대체 왜 그러고 사는데?"

갑자기 우리 주제와 벗어난 이야기에 강만호는 안경을 추어올렸어. 평소에도 멍한 얼굴이었지만 그보다 수십 배는 더 얼빠진 얼굴이었어.

"왜 떡호한테 묶여 있어. 내가 보기에 떡호는 사고나 칠 줄 알지 머리가 나빠. 형이 없으면 그 인간 망해."

"우리 일이 잘만 풀리면 떡호가 내 시나리오를 영화사에 확실하게 박아 준다고 했거든."

"그게 다야? 그걸 믿어?"

국도를 달리던 강만호는 속도를 천천히 줄였어.

"넌 아버지가 없다고 했지? 어찌 보면 그건 다행이야."

뜬금없이 튀어나온 아버지란 존재가 엉뚱해서 나는 강만호를 빤히 쳐다보기만 했어.

"우리 아버지는 좀 답답한 양반이었어. 한숨 하나도 시원하게 못 쉬는."

강만호는 마른침을 한 번 삼키고 이야기를 이어 갔어.

"아마 그런 남자는 이 세상에 없을 거야. 남한테 절대 싫은 소리 못 하는 양반이었지. 어머니와 함께 시장에서 장사를 했는데 근처 상인들 잔심부름을 다 도맡았어. 돈을 꾸어 가서 떼먹은 놈들이 한둘이 아닐 거야. 그런데 웃긴 건 사람들이 우리 아버지를 존경하는 게 아니라 무시하고 비웃는 거야. 어떤 사내들은 아버지가 뻔히 있는데 어머니에게 대놓고 껄떡였지. 솔직히 작고 투실투실한 어머니가 그렇게 미인은 아니었거든. 단지 장난으로 껄떡대는 거지. 아버지는 술을 먹고 와서도 화를 못 내고 어머니만 빤히 바라보고 한숨만 내쉬었어. 마누라가 도망갈까 꼬치꼬치 캐묻지도 못하는 양반이었지. 이제 어떤 남잔지 알겠지?"

나는 로즈마리가 잘 쓰던 등신이란 말이 떠올랐지만 그대로 내뱉진 못했어. 하지만 강만호는 보이지도 않는 내 얼굴의 표정을 읽었는지 허무하게 웃더라고.

"그렇게 말없이 늘 의심 가득한 착한 눈으로 아버지는 어머니를 쳐다보았을 거야. 어머니는 평생 그런 축축하니 기분 나쁜 의심을 어깨에 짊어지고 시장에서 채소를 팔고 형과 나와 여동생을 키웠어. 아버지는 결국 암으로 돌아가셨는데 죽을 때 피를 토하면서 아주 요란스러웠어. 죽을 때나 겨우 호탕했어. 그런 양반이었지."

안개에 가려진 강만호는 무척 나른해 보였어.

"난 아버지를 연민해. 원망하거나 미워하진 않아. 그냥 좀 생이로 태어난 거야. 주먹질 한번 제대로 할 줄 모르는. 내 성격은 아버지를 닮았어. 어쩔 수가 없어. 엿 같은 유전자지. 아무리 센 사람이 되고 싶어도 그렇게 안 돼. 내 시나리오를 봐. 다 의리 있고 씩씩한 놈들이지. 난 정말 멋진 놈들 아니면 아예 쓰기가 싫어."

"미치겠네. 설마 그 씩씩하고 의리 있는 인간의 모델이 떡호였어?"

강만호는 잠시 입을 다물었다 다시 말을 이었어.

"떡호는 고등학교 선배야. 어깨가 떡 바라지고 주먹으로는 학교에서 최고였어. 여자친구도 두 줄로 나란히. 내가 떡호 눈에 띈 건 도내 백일장을 휩쓸어서야. 그때 근처 여학교에 떡호가 마음에 둔 여자애가 있었거든. 걔가 여간내기가 아니라 떡호가 아주 애가 달았었어. 남자의 힘과 우격다짐에 넘어가질 않았으니까. 고개를 살짝 갸웃거리면서 천사의 미소로 남자를 비웃는 고단수였지. 그런데 떡호는 알아차렸지,

그 여자애가 늘 소설책이나 수필집을 끼고 다닌다는 걸. 나를 찾아온 건 그런 이유야. 연애편지 대필해 달라고. 결국에는 그 여자애의 마음을 얻는 데 성공했어. 그 일을 계기로 나는 떡호의 그늘로 들어갔어. 고등학교를 졸업하자마자 성공하겠다는 일념으로 맨몸으로 서울로 올라가기 전 나하고 맥주를 마셨지. 성공하면 양주에 아가씨까지 쏘겠다고."

강만호는 거기서 말을 끊었지만 나는 두 사람의 인연은 전에 익히 들은 적이 있었어.

글을 쓰는 재주가 좋았던 강만호는 선생님이 되고자 서울에 있는 대학의 국어교육과에 들어갔어. 처음엔 시를 썼지만 왠지 시는 낙엽처럼 부스러질 글 같아 그만두었지. 대신 스크린의 세계에 푹 빠졌어. 영화에서는 아무리 구질구질한 상황에 놓여도 폼 나는 사내들이 등장하니까. 군 제대 후에 강만호는 시나리오를 들고 영화판을 기웃거렸고 그러다 역시 볼품없는 연예인 지망생들을 데리고 그 바닥을 어슬렁대던 윤덕호를 만난 거야. 그 둘은 그 후에 쭉 공생 관계를 이어 왔어. 물론 사고는 주로 윤덕호가 쳤고 머리 쓰는 일은 강만호의 몫으로 돌아갔어. 어느 순간부터 일이 안 풀리면 윤덕호는 강만호를 들었다 놨다 욕을 했어. 그래도 분이 안 풀리면 술에 취해 강만호의 당나귀처럼 불룩한 아랫배와 사람 좋은 얼굴을 큰북처럼 두들겼지.

"가끔, 떡호가 나한테 아버지나 다름없다는 생각이 들 때가 있어."

강만호가 머뭇대며 털어놓은 말에 나는 좀 어이가 없었어. 당나귀가 승냥이를 아버지라 부르는 격이었으니까. 그래도 내가 처음으로 형이라고 부른 사람인데 이건 아니었지.

"떡호는 형을 뜯어먹고 사는 거라고."

강만호가 또 안경을 추어올리고 나를 바라봤어. 워낙 작은 눈이라 그 눈에 어떤 표정이 담겨 있는지 잘 보이지 않았어.

"형이 없으면 떡호는 당장 내일부터 똥오줌도 못 가릴 인간이야. 그러니까 거꾸로라고. 진짜 떡호의 아버지는 형이야. 형, 그림 딱 나오잖아. 멍청하고 힘만 센 아들과 그의 주위를 빙빙 돌며 어쭈 어쭈 돌봐 주는 순둥이 아버지."

강만호는 픽 웃더니 다시 액셀을 밟았어. 하지만 내비게이션의 목적지는 가평이었어.

12.

가평까지는 그런대로 도로 사정이 시원시원했어. 미덕의 집으로 들어가는 길에 들어서자 엉망진창 난장판으로 변했지만. 우리는 지방도도 아닌 샛길을 구불구불 달렸어. 포장이 안 된

길이라 자갈이 펑펑 튕기는 소리가 요란했어. 작은 돌멩이가 차 앞 유리에 부딪쳐 쩍 소리가 났어. 눈앞이 흐릿해 난 잘 안 보였지만 강만호는 겁먹은 목소리로 투덜댔어. 커다란 거미줄 모양으로 금이 갔다고. 그걸 떡호에게 들키면 강만호의 갈비 뼈에 금이 갈 게 뻔했지. 차주는 떡호였거든.

나는 차창에 서린 김을 닦았어. 차창 밖의 풍경은 온통 뿌옇기만 했어. 나는 거친 물결 위에서 출렁대는 작은 보트를 탄 기분이었어.

보트가 한 번 더 흔들리자 우리는 다시 들썩거렸어.

"난 말이야, 가끔 좋은 아버지를 가진 놈들이 제일 부러울 때가 있어."

갑자기 강만호가 실실 웃으면서 뜬금없는 말을 내뱉었어.

"아들 앞에 고속도로를 쫙 깔아 주는 아버지 말이야. 그러니까 자기 인생을 끝내주게 살아서 아들한테 모범을 보이는 인간. 아들은 말없이 아버지의 길을 따라 공부하고 여자 하나 꼬여서 결혼하면 탄탄대로고. 그러다 어느새 그 아들이 결혼을 해서 아들이 생기면 어느새 존경받는 아버지가 되고. 그런 놈들은 말이야, 평생 우리처럼 이렇게 엉망진창인 길을 달릴 필요 없겠지."

그건 나도 잘 모르는 일이었어. 다만 아버지가 아니라도 윤덕호와 강만호에게서 두 가지 목소리를 배웠어. 무조건 들이대며 상대가 생각할 겨를 없이 물어뜯거나 우물우물 아리송한 그물 같은 말로 조금씩 상대를 포위하거나. 그건 눈물 콧물 쏟아지는 사건들을 전부 웃음거리로 만드는 로즈마리와는 또 다른 말버릇이었지.

미덕의 집을 향해 강만호는 좌회전을 했어. 여전히 험한 길이었지만 그는 능숙하게 차를 몰았어.

"형, 요양원이란 어떤 곳일까?"

미덕의 집이 가까워지자 나는 초조한 마음이 들었어.

내 말을 듣고 강만호가 무슨 말인가를 하려는데 휴대폰이 요란스레 울려 댔어. 통화 버튼을 누르고서 바로 끊어 버린 강만호는 다시 전화벨이 울리자 아예 전원을 꺼버렸어.

"글쎄다…… 거긴 잿빛 홍등가 아니겠어?

"잿빛 홍등가?"

"홍등가는 붉은빛, 요양원은 잿빛. 둘 다 어디를 가든 없는 곳이 없지만 사회에선 마치 존재하지 않는 것처럼 여겨져야 되는 곳이잖아."

강만호의 말은 역시 너무 아리송했어. 하지만 요양원에 염색약이 없다면 그건 슬픈 일일 거야. 잿빛 머리카락의 로즈마리는 인생을 다 산 호호 할머니 같은 기분에 폭삭 늙어 버렸을 테니.

13.

미덕의 집은 산자락 아래에 있었어. 꼬맹이가 방망이로 잘 못 후려갈겨 휑뎅그렁한 곳에 떨어져 버린 야구공 같은 위치에.

생나무를 갈라 만든 간판엔 '미덕의 집'이란 글씨가 궁서체로 검게 쓰여 있었어. 아침보다 오히려 바람이 매서워져서 우린 둘 다 옷깃을 여미고 문 앞에서 서성였어. 무슨 까닭인지 철문은 잠겨 있지 않았어. 스윽 밀어 보니 그냥 열렸지. 기운 없이. 강파른 노인의 어깨처럼.

"느낌이 그리 잿빛까진 아니네."

마당으로 들어선 강만호가 먼저 입을 열었어.

나는 무슨 말을 해야 할지 몰라 그 건물을 바라보기만 했어. 그곳의 마당은 노인들이 줄을 맞춰 세 바퀴만 돌아도 쏠쏠한 아침 운동이 될 만큼 널찍했어. 한쪽 구석에 체력을 길러 주는 간단한 운동기구가 열 맞춰 놓여 있었어. 바람이 불 때마다 그네처럼 생긴 운동기구가 삐걱댔어. 관절이 나쁜 노인이 벤치에 앉아 겨우 무릎을 움직여 힘겹게 다리운동을 하는 모습처럼. 하지만 날이 쌀쌀해서인지 운동은커녕 해바라기를 하는 노인조차 보이질 않았어.

흰색의 요양원 건물은 우리가 예상했던 것만큼 볼품없진 않았어. 그건 그저 어디서나 흔히 보이는 평범한 건물이었어. 아무런 치장이 없고 그저 흰색과 회색으로 페인트칠을 한 블록 건물이었어. 일 층 현관 왼쪽에 나무로 바닥을 깐 테라스가 있었는데 그곳에 놓인 파라솔과 테이블 모두 녹이 슬어 볼품없었어. 테라스를 빼면 미덕의 집은 늦은 밤 멀리에서 본 적이 있는 초등학교 건물을 반 토막 낸 모양 같았어. 현관문이 열리면 금방이라도 조그마한 아이들이 우르르 튀어나올 것 같았지.

두 남자가 그렇게 멀뚱하게 서 있는데 목이 늘어진 티셔츠를 입은 한 여자가 건물 밖으로 나왔어. 현관문이 닫히자 자동으로 문이 잠기는 소리가 내 귀에 묵직하게 떨어졌어.

"거기, 누구예요?"

작은 키에 통통한 몸집, 고무줄로 질끈 묶은 꽁지머리. 양손에 고무장갑을 끼고 양푼을 든 채 고개를 갸웃대던 그녀는 종종걸음으로 우리 쪽으로 걸어왔어. 물론 중간쯤에서 걸음을 멈추고 한 손으로 눈을 비벼 댔지. 왜 그러는지 난 알 것 같았어. 안개소문은 이제 명함이 필요 없는 얼굴이니까.

"세상에, 진짜 손잔가 보네."

"저를 아세요?"

"알다마다요. 텔레비전에서 봤지, 왜 안 봤겠어요. 아이고, 입이 없는데 진짜 말도 잘하네."

그녀는 찌개 간을 보는 사람처럼 미간을 살짝 찌푸리고 오래도록 나를 바라봤어. 엉겁결에 나도 그녀를 마주 봤지. 광대뼈가 툭 튀어나와 사나워 보일 법했지만 동그란 눈에 웃음기가 잔잔히 돌아 사람은 좋아 보였어.

"날이 흐려 그런지 내 눈이 침침해져 그런지 어째 얼굴이 잘 안 보이네. 코앞에서 보면 얼굴이 막 보인다고들 그러던데."

"저기……."

"그냥 안이라고 불러요, 미스 안. 나이는 좀 들었지만 아직까진 그냥 미스 안."

그렇게 나는 두 명의 '안'이라는 여인을 알게 됐어. 첫 번째 안을 알고서 로즈마리를 잃었고 두 번째 안을 만난 날 다시 로즈마리의 소식을 들을 참이었지.

14.

미덕의 집 실내에는 방향제 냄새가 곳곳에 배어 있었지만 퀴퀴한 공기를 완전히 사라지게 할 순 없었어. 하지만 아무리 애써도 로즈마리 냄새는 맡을 수가 없었어. 아마 모든 노인들이 내뿜는 지독하게 향기로운 냄새가 짬뽕 돼서 그렇겠지.

"자, 이쪽으로 와요."

안의 안내에 따라 나만 이 층으로 올라갔어. 강만호는 응접실에서 기다리기로 하고.

이 층은 구석구석까지 복도가 길게 이어진 구조였어. 복도 양옆으로 노란빛이 도는 연두색 칠을 한 문이 여러 개였어. 문짝에는 노인들의 이름표가 붙어 있었는데 모두 안개에 가려진 이름들이었어. 김입분, 신말자, 정홍구, 최창헌, 소현구. 이름들이 일렁였고 내 속도 조금 울렁거렸어. 멀미가 날 것 같았어. 여러 개의 문들 중 한 곳을 열고 들어가면 로즈마리가 침대에 묶인 채 흐릿해진 눈으로 나를 바라보리란 상상에 울컥해졌어.

안이 뒤돌아서서 잠시 입술을 달싹거리다 부탁했어.

"부탁이 있는데…… 어려운 건 아니고, 얼굴 한번 만져도 괜찮을까나?"

"그럼요, 닳는 것도 아닌데."

안이 낡은 추리닝에 손을 문질러 닦고는 더듬더듬 내 눈가를 잠시 쓰다듬었어.

"에이, 그냥 축축하네."

아마 평소보다 더 축축했을 거야. 속이 울렁대는 통에 눈가에 땀이 고였거든.

다시 한 번 손을 옷에 문질러 닦은 안은 앞서서 몇 걸음 걷다 어깨를 진저리 치듯 가볍게 떨고 난 후에 하품을 했어.

"성분이 할머니가 손자 자랑을 얼마나 했는데요. 텔레비전에 나오면 좋아 죽었어요."

성분이 할머니, 그러니까 전성분. 오랜만에 들어 보는 로즈마리의 본명이었어.

"할머니 말을 믿었어요?"

"솔직히 믿진 않았어요. 누가 그런 말을 믿겠어?"

"당연히 그러셨겠죠. 하지만 할머니는 치매 환자가 아닙니다. 다들 속은 거예요."

갑자기 안이 깔깔대고 웃으며 손사래를 쳤어.

"아이고, 그런 눈치야 있죠. 여기서 오래 일하면 딱 눈동자만 봐도 아는구먼. 눈빛에 그렇게 총기가 도는 분이 어찌 치매겠어요. 그냥 그 할머니 참 거짓말 한번 기똥차게 한다, 이렇게 생각했지. 어쩜 그렇게 자기가 평생 안개얼굴을 쓰다듬고 어루만진 것처럼 그 느낌을 생생하게 말하는지. 나 방금 삼촌 만져 보고 실망했잖아."

안개얼굴엔 손끝 한 번 안 대보고서 그렇게 태연하게 거짓말로 둘러대다니. 잔챙이들의 세계에선 로즈마리는 최고의 거짓말쟁이였어. 물론 예쁜이나 안에 비하면 아마추어에 불과할 테지만.

"그나저나 큰아버지란 사람, 그럼 쓰나. 멀쩡한 노인네를 치매 환자로 속여서 여기다 내버려? 아이고, 세상이 어찌 돌아가려 그러는지. 큰아버지 닦달해서 여기 알아냈어요?"

"큰아버지요……?"

그들이 거짓말을 한 건 아니었어. 그런 사람이 있긴 했지. 큰아버지, 그러니까 우리 엄마와 아버지가 다른 엄마의 오빠란 사내를 나는 본 적이 없었어. 로즈마리가 미군과의 사이에서 낳은 살결이 하얗고 고불대는 밤색 머리의 사내아이는 두 돌을 얼마 앞두고 폐렴으로 죽었으니까.

나는 안을 따라 길게 이어진 복도를 걸었어. 걸을 때마다 눈앞은 안개로 더 뿌옇게 흐릿해졌어.

파란 눈에 가슴과 어깨는 물론 등까지 옅은 갈색 털로 덮인 거구의 남자가 있었어. 뭉툭한 주먹코가 붉어서 어딘가 술주정뱅이처럼 보였지. 늘 군복 차림으로 땡볕에 돌아다니는 그 남자의 팔뚝과 얼굴과 목덜미와 두툼한 가슴팍은 언제나 붉게 그을려 있었어.

알딸딸하게 멍한 회색 눈의 딸기괴물이었다고 로즈마리가

말했어. 아이가 죽기 몇 달 전 미국으로 떠나 버린 딸기괴물
은 로즈마리의 첫사랑이었어. 괴물 같은 덩치가 '아이 러브
유'라는 말을 달콤하게 속삭일 줄 그녀는 미처 몰랐어. 그녀
가 미군 부대 시레이션으로 처음 맛보았던 딸기 잼 같은 맛
이었지. 게다가 그때까지 로즈마리에게 그렇게 다정한 목소
리로 말한 사람 자체가 아예 없었어. 다들 도둑년이라 욕을
하거나 킬킬대며 우악스럽게 주물럭대려 했으니까. 하지만
딸기괴물은 달랐어. 미국으로 떠나기 전날 밤까지 로즈마리
에게 사랑한다는 말을 속삭였어.

물론 로즈마리는 일찌감치 알고 있었어. '아이 러브 유'가
더 이상 달콤하게 들리지 않는다는 걸, 그 말에 곰팡이가 슬
어 텁텁하고 냄새가 난다는 걸.

남자가 떠나고서 로즈마리는 사흘 밤낮 욕설을 안주 삼아
화를 풀었어. 그때까지 그녀의 마음에 회충처럼 꼬부랑거리
는 아이 러브 유라는 말을 몇 병의 소주로 박멸하려고. 결국
로즈마리는 마음속에 있는 딸기괴물을 손톱으로 벅벅 긁어
낼 수 있었어.

석 달 후 일주일을 앓던 아이가 세상을 떴을 때 로즈마리
는 딱 죽고만 싶었어. 하지만 쉽게 혀가 깨물어지지 않아서
농약을 사놓고 강소주만 마셨어. 농약을 마셔야지, 마셔야지

하는 마음을 안주 삼아. 한 달하고 보름이 지나서야 로즈마리는 부르튼 입술에 루주를 바르고 댄스홀에 나가서 춤을 추었어. 미친 듯이, 미친년처럼, 유행하던 사이키델릭 음악에 맞춰서. 죽기 아니면 까무러치기로 비틀비틀.

지독한 몸살에 걸려 고생하던 어느 날 로즈마리는 감기약에 취해 그 시절의 이야기를 털어놓았어. 살날이 얼마 안 남은 것 같다며 죽기 직전 달걀귀신에게 고해하는 마음이라며. 억척같이 살았으나 가슴 깊이 묻어 두고 숨기고 싶던 세월을.

아이를 잃은 뒤로 로즈마리는 지긋지긋한 세계를 떠나려고 반은 미친 듯 살아왔다고 했어. 이 세상에 홀로 남은 로즈마리는 매니큐어 바른 손톱이 부스러지도록 돈을 긁어모았어. 다른 양공주들처럼 학비를 대줄 남동생이나 먹여 살릴 가난한 부모가 없는 생판 고아였으니까. 마음에 상처를 입고 하루하루 술과 약으로 버티는 연약한 양공주가 아니라 턱을 치켜들고 양키의 달러를 탈탈 터는 타고난 도둑년으로 으르렁대는 세월을 보냈어.

그렇게 모은 돈으로 로즈마리는 화려하지만 어두운 동네를 떠났어. 하지만 아메리카는 늘 그녀와 함께였지. 곧장 손수레를 끌고 다니며 미제 물건 장사를 시작했으니까. 서울 곳곳 그녀가 돌아다니지 않은 곳이 없었어. 돈을 모아 명동에 작은 구멍가게라도 차릴 작정이었지. 마실 줄 아는 건 술이요, 할 줄 아는 건 통기타 치며 노래하는 게 전부인 순박한 더벅머리 남자와 사랑에 빠지기 전까지.

고등학교를 졸업하자마자 돈을 벌겠다고 서울로 도망치듯 올라온 남자는 안타깝지만 돈 버는 재주라곤 젬병이었어. 대신 손수레를 끌고 다니는 미제 물건 아가씨를 열렬히 쫓아다녔어. 냉골이 된 여자의 가슴에 다시 불을 지필 만큼 귀여웠지. 둘은 결혼식을 올리는 대신 함께 작은 살림집에 살았어. 할 줄 아는 게 노래밖에 없던 남자는 공사판에라도 나갔다 오면 이틀을 내리 드러누워 골골댔어. 아이를 가져 배가 불룩한 로즈마리는 외제 물건이 담긴 손수레를 탈탈 끌었어. 그래도 전쟁고아였던 그녀는 가족이 생겨 행복했어. 남편은 늘 아내만을 바라보며 노래했어. 한눈은 팔지 않았어. 딸기 괴물처럼 사랑한다는 말만 남겨 두고 훌쩍 태평양을 건너가지도 않았어.

다만 그녀의 신랑은 가난한 시골집에서 엄마 젖 대신 막걸리로 자라 온 팔자답게 애아버지가 되어서도 아내보다 술을 더 사랑했어. 결국 간이 돌덩이처럼 굳은 남편은 로즈마리에게 조막만 한 딸 하나를 남긴 채 머리맡에 반쯤 남은 소주병을 두고 그렇게 죽었어.

로즈마리가 사랑했던 많은 사람들 중 몇몇은 일찌감치 죽었어. 그녀의 부모, 그녀의 첫아이, 첫 남편까지. 몇몇 사람은 도망쳤지. 첫사랑, 몇 번의 짧은 사랑, 금가락지같이 키운 딸과 잘난 얼굴의 사위, 돈을 빌려 준 친구. 그러다 결국 괴물 같은 달걀귀신 손자 하나만 그녀 옆에 뚝 떨어졌어. 더럽게 안 풀리는 인생. 살아가며 하도 뒤통수를 맞아 뒷머리가 넙치처럼 납작해졌다고 구루프로 머리를 말 때마다 투덜대는 여자. 죽고 싶단 말을 언제나 입에 달고 살았으나 결코 죽지 않는 여자. 다 죽게 생겼다며 달걀귀신에게 옛이야기를 다 털어놓더니 다음 날 아침에도 요란하게 코를 풀고 출근 준비를 했지. 백화점 화장실로.

나는 안개얼굴이 사라진 내 얼굴을 상상할 수 있어. 하지만 도저히 상상할 수 없는 게 딱 하나 있다면, 그건 침대에 누워 침울한 얼굴로 골골대며 죽어 가는 로즈마리 여사였어.

안은 복도 끝의 큰 방으로 나를 데려갔어. 문도 없이 그저 뻥 뚫린 넓은 공간이었어. 평퍼짐한 윗옷에 반바지 고쟁이를 입은 노인들이 앉아 있거나 하염없이 돌아다니는 곳. 누군가 텔레비전을 보고 또 누군가는 바닥을 내려다보며 한숨만 내쉬었어. 휠체어를 탄 노인도 적지 않았지.

자세히 보니 몇몇 노인들이 일 인용 원형 소파 주위에 둥 그렇게 모여 앉아 있었어. 소파를 차지하고 앉은 한 노파가 요란한 손짓을 섞어 가며 떠들어 댔어. 다른 이들보다 젊고 활기찬 모습이었지. 제때 염색을 못 했는지 머리카락이 거의 반백이었지. 한 달에 한 번은 꼬박 말아 주던 파마가 풀려 머리카락이 축 처진 모양새가 서글펐지만, 이 시설 좋은 요양원에 머리를 돌돌 마는 구루프 하나 없다니 로즈마리에겐 가슴이 찢어지는 일이었겠지.

신이 나서 떠들던 목소리가 한순간에 뚝 그쳤어. 로즈마리는 자리에서 일어나 떨리는 걸음으로 다가와 내 팔을 붙잡았어. 그녀는 가슴을 들이밀고 큰 목소리로 말했어.

"집중! 여기 봐요. 다들 보라니까요. 여기 안개소문 봤죠? 얘가 내 손자예요, 금이야 옥이야 기른 내 손자라니깐."

하지만 여전히 내 얼굴엔 손끝 하나 대지 않았어. 지금은 안개소문이지만 안개얼굴이 로즈마리의 끔찍한 세월의 증거란 사실은 변하지 않았으니까.

노인들은 다들 나를 물끄러미 바라보았어. 하지만 입을 여는 사람은 아무도 없었어.

잠시 후 앙상하게 마른 몸피의 노파가 일어났어. 그녀는 불어 터진 입술을 계속 우물댔는데 입가에는 침이 흥건했어.

"반갑수다, 저승사자."

노파는 느릿느릿 양팔을 벌려 나를 안으려 했지. 하지만 팔을 벌린 자세 그대로 눈을 껌벅이며 쳐다보기만 했어.

"진짜 미쳤어, 저 노인네는. 아침부터 잠들 때까지 암소처럼 침을 뚝뚝 흘리면서 계속 떠드는데, 말짱 다 헛소리야."

로즈마리가 내 귀에 대고 작은 소리로 속삭였어.

노파는 두 손을 꼭 맞잡고서 내 앞에서 무릎을 꿇었어. 고개를 숙였다가 꺼져 가는 한숨을 내쉬고 두 손을 허공으로 뻗은 채 침 범벅의 입술로 웅얼웅얼 떠들었어.

"나는 저승사자가 무서웠어. 진짜 무서웠는데. 눈코입이 무시무시할까 봐. 그런데 그냥 얼굴이 안 보여서 참말로 예쁘고 좋네."

노파는 웃고 싶은 눈치였지만 쌕쌕대는 숨소리만 커질 뿐 끝내 웃음은 터지지 않았어.

"얼른 날 업어 가오. 나, 여기 싫어. 나는 가고 싶어. 좋은 나라로 그냥 가고 싶어."

로즈마리가 힘을 주어 내 팔을 붙잡았어.

"누구보고 저승사자래? 그리고 내 손자가 왜 할머니를 데려갑니까? 나를 데려가지."

로즈마리는 내 팔을 잡아끌고 서둘러 안개 가득한 그 방을 빠져나왔어. 나는 복도에서 잠시 걸음을 멈추고 고개를 돌려 나를 저승사자로 부른 노파를 바라보았어. 그녀는 제자리에 웅크리고 앉아 여전히 입술을 우물댔어. 그녀는 그 방에서 복도까지 걸어 나올 생각은 하지 못하고 그렇게 앉아 있기만 했어.

"별일도 다 있네. 어떻게 이 얼굴이 저승사자로 보인대?"

안이 고개를 갸웃거렸어.

"저승사자는 무슨. 미스 안, 앤 그냥 달걀귀신이라니까."

그러면서 로즈마리는 내 팔을 꼬집었어.

"빨리도 찾아오셨네, 안개소문. 얼굴 팔리니까 고생해서 키워 준 할머니는 다 까먹었지?"

15.

미덕의 집에서 빠져나와 우리는 강만호가 운전하는 차를 타고 서울로 향했어.

차 안에서 로즈마리는 내가 병원에 갇혀 있는 동안 어떤 일을 겪었는지 털어놓았어. 로즈마리는 손자가 행방불명되었어도 백화점에 출근해야 했어. 이틀씩이나 집에 들어오지 않은 달걀귀신 손자가 걱정되었으나 마냥 집에 들어앉아 기다릴 팔자가 아니었으니까. 괜히 꼬투리나 잡히면 일자리를 잃을지 모르니 말이야. 로즈마리는 종일 찜찜한 기분에 시달리며 오만상을 찌푸리고 화장실을 쓸고 닦았어. 그날 오후 백화점 VIP룸의 직원이 화장실 청소를 하는 로즈마리를 찾아왔어. 누군가 VIP룸에서 그녀를 기다린다는 소식을 전하러.

로즈마리는 VIP룸 앞에 서자 불안이 물밀듯 밀려오더래. 옷차림이 후줄근하거나 명품 핸드백을 들지 않아서가 아니야. 그녀가 지금껏 살아오면서 투덕투덕 온몸에 들러붙은 여자의 직감이 그녀에게 경고신호를 모스부호처럼 보내 줬어. 대바늘로 찌르듯 한 글자 한 글자가 쿡쿡 그녀의 머릿속을 찔러 댔어.

'조 심 해 라 로 즈 마 리 또 한 번 의 위 기 야.'

로즈마리는 헛기침을 한 번 하고 VIP룸으로 턱을 치켜들고 들어갔어.

VIP룸에는 좀 드세게 생긴 키 큰 여자가 앉아 있더라고 로즈마리가 말했어. 커다란 선글라스를 끼고 있었는데 로즈마리 말에 따르면 최근 쌍꺼풀을 좀 손보거나 보톡스를 맞은 게 아닌가 싶더래. 나는 그 여자가 안이라고 했지.

"미스 안? 미덕의 집 미스 안?"

"아니, 다른 미스 안."

로즈마리는 내 말에 안이 누구냐고 게슴츠레한 눈으로 물어봤어. 나는 그날 밤 회장을 만나 벌어진 일들을 털어놓았어. 안은 회장의 입과 같은 인물이라고 말했지. 로즈마리는 회장이란 사람이 반벙어리냐고 놀란 눈치였어. 내가 벙어리는 아니라고 설명하자 로즈마리는 왜 멀쩡한 사람이 제대로 말을 못하냐고 물었어. 난 세상엔 별별 사람이 다 있다고 적당히 둘러쳤어. 달걀귀신은 아니지만 얼굴이 안개로 뒤덮인 인간이 있으니, 자기 말을 대신 말해 주는 사람이 필요한 인간도 있는 법이라고. 로즈마리는 그제야 고개를 까닥였어.

어쨌든 VIP룸의 안은 남 원장의 추천으로 내가 희귀병 샘플 케이스로 뽑혀 미국으로 출국했다고 전했어. 최고의 의료진이 내 안개를 제거하는 수술을 맡았다며. 로즈마리는 아무래도 의심스러워 어떻게 그런 수술이 가능하냐고 물었대. 만져지지도 흘러내리지도 않는 걸 어떻게 사라지게 하는지 의심이 간다는 거지. 안은 단 한 마디로 로즈마리의 말을 끊었어. 설마, 미국을 믿지 못하는 건 아니시죠? 물론 로즈마리는 미국을 못 믿는 여자였어. 결혼까지 약속했던 딸기괴물이 태어난 곳이 미국이니까. 하지만 미제 물건 장사로 술꾼 남편의 술값과 딸의 양육비를 벌었던 그녀이기에 미국이 대단하다는 건 잘 알았지. 로즈마리는 그때 이 문제가 미묘하게 꼬여 있다는 사실을 알았대. 동시에 아무리 날고뛰어도 자기가 손쓸 방도가 없다는 점까지 희미하게.

다음 날 백화점으로 출근한 로즈마리는 청천벽력 같은 일을 겪었어. 백화점 용역 담당이 그녀를 해고한 거지. 묻지도 따지지도 말고 그냥 나가라는 명령이었어. 잇몸이 욱신대고 눈알이 쑤시고 명치가 따끔거려 로즈마리는 한참을 여자 화장실 바닥에 주저앉아 숨을 헐떡였어. 고아가 되어 폭격 맞은 어느 도시의 길거리에 쪼그리고 앉아 배고픔에 헐떡대던 꼬마 시절의 그녀처럼, 말이야. 로즈마리는 찬물로 세수를 하고 생수기에서 여러 번 물을 뽑아 마시고 백화점을 나왔어. 떨리는 걸음으로 보광동 집으로 겨우 돌아왔지. 그때 로즈마리는 선글라스를 낀 낯익은 여자가 붉은 벽돌담과 살구색 담 사이에서 팔짱을 끼고 서성대는 걸 보았어.

"여긴 또 무슨 일이유?"

"커피 한잔 주시겠어요?"

선글라스를 벗고서 그녀는 로즈마리에게 미소를 지었어. 로즈마리는 그 미소에서 구미호의 꼬리가 타는 듯한 묘한 냄새를 맡았다고 했어.

로즈마리는 반지하방으로 안을 데리고 들어갔어.

종이컵에 담긴 커피믹스를 몇 모금 입에 대고 안은 조심스레 입을 열었어. 종이컵 가장자리에 묻은 붉은 립스틱 자국이 이상하게 기억에 남는다고 로즈마리는 덧붙였어.

안은 로즈마리에게 세 곳의 요양원을 추천했어. 내가 수술 받으러 떠나면서 그에 대한 사례금을 받았는데 그 돈을 로즈마리 몫의 요양원 비용으로 남겼다는 거였어.

"왜 돈을 내는 게 아니라 돈을 받고 수술을 하나?"

"서로 윈윈게임이지만 목숨을 담보로 한 수술이에요. 자칫하면 안개얼굴이 아니라 안개소년이 사라질지 모르죠. 하지만 수술이 성공하면 할머님을 찾으러 돌아올 거예요."

그 말을 하며 안은 태연하게 각기 다른 요양원의 팸플릿 세 장을 펼쳐 놓았대.

"당신들이 내 손자를 잡아먹은 거지?"

로즈마리는 팸플릿을 집어 던지고 안을 노려보았어.

"손자분을 참 잘 키우신 것 같아요. 위험한 거래였지만 겁먹지 않았어요. 이제 손자분도 멀쩡한 얼굴로 더 넓은 세상에서 사람들과 함께 어울려 살아가야 하지 않겠어요? 그러니까 믿고 기다리세요."

안의 차분한 목소리에 로즈마리는 울컥 울음을 삼키고 우선 믿기로 마음먹었어. 솔직히 그 전부터 안개 없는 얼굴의 나를 기대하기도 했으니까. 게다가 믿지 않으면 너무 끔찍한 일이 벌어졌으리란 생각이 들어 견딜 수 없을 것 같았다고 털어놓았어.

안은 슬그머니 팸플릿을 주워 다시 로즈마리에게 건넸어.

"모두 최고의 시설을 갖춘 곳이에요. 여기서 편안하게 기다리세요. 손자분이 직접 찾아올 때까지."

미덕의 집, 희망의 집, 가든 오브 실버.

세 곳의 요양원 중에서 희망의 집은 고아원 같아 로즈마리는 기분이 상했어. 전쟁고아였던 로즈마리는 잠시 고아원에 머문 적이 있는데 당시의 기억을 떠올리고 곱씹어 가며 노후를 보내기는 싫었던 거지. 가든 오브 실버는 숯불구이 전문점 이름 같았고. 그나마 미덕의 집이 나아 보여 마음을 결정했지.

"우리 애가 언제쯤 이 할머니를 찾아올까요?"

그 말을 듣고 안은 대답 대신 핸드백을 열고 뭔가를 찾으려는 듯 뒤적였어. 하지만 그 안에서 아무것도 꺼내지 않고 말없이 자리에서 일어났어. 그녀는 그저 선글라스를 끼고서 잠시 로즈마리를 빤히 쳐다보았어. 안개로 덮인 얼굴은 아니지만 눈을 가린 얼굴을 보고 로즈마리는 순간 섬뜩했다고 했어. 안개에 가려졌지만 달걀귀신 손자의 얼굴에선 희미하게나마 표정이 보였는데 선글라스를 낀 여자의 얼굴에선 아무것도 읽을 수 없었다고 했어.

다음 날 아침 검은 양복을 입은 짧은 머리의 건장한 사내들이 집에 들이닥치고서야 로즈마리는 문제가 확실하게 꼬였다는 걸 깨달았어. 두 사내는 겁에 질린 로즈마리를 차에 싣고 달렸어. 그들은 불쌍한 노파를 미덕의 집에 짐짝처럼 던져 놓고 떠났어.

"아이고, 무슨 노망 든 양반이 꼭 총기 어린 진돗개처럼 반짝반짝 눈이 빛난대."

미덕의 집의 안은 로즈마리를 빤히 바라보며 고개를 갸웃거렸어. 그제야 로즈마리는 속아 넘어갔다는 걸 깨달았어. 동시에 달걀귀신 손자에게 큰일이 닥쳤을지 모른다는 불길한 예감이 확신으로 바뀌었지.

내가 출연한 텔레비전 방송을 보기 전까지 로즈마리는 그렇게 가슴을 졸이며 지내 왔어. 로즈마리는 걱정이 태산같이 쌓이면 정말로 치매가 올 것 같아 빗자루와 걸레를 들었어. 그녀는 미스 안을 도와 미덕의 집 곳곳을 쓸고 닦았어. 노인요양원이 아니라 백화점 화장실을 청소하는 기분으로 말이야. 하지만 내가 텔레비전에 나온 뒤로는 날이 갈수록 배알이 꼬이고 화가 나서 밤에 잠을 이루지 못했다고 했어.

안개소문이 손자라 말해도 믿는 이가 아무도 없어서가 아니었어. 당장 미덕의 집으로 찾아오리라 여겼건만 안개소문으로 변신한 빌어먹을 달걀귀신이 도무지 소식이 없더라는 거였지. 로즈마리는 그날부터 혹시나 유명해진 손자한테 버림받은 것은 아닌지 불안하고 초조해서 하루가 다르게 더 늙어 갔다며 투덜거렸어.

16.

강만호의 차가 톨게이트를 지나 서울로 들어왔어. 로즈마리는 모든 고생이 끝났다며 깔깔거렸어. 내가 유명해졌으니 더는 백화점 화장실에서 우울한 날을 보내지 않아도 된다면서 손뼉을 쳤지. 서울로 올라오는 내내 로즈마리는 늘그막에 터진 복을 어떻게 눈덩이처럼 굴릴지 계획을 세우는 눈치였어. 우선 찜질방에서 몸을 지져 요양원에서 잔뜩 움츠러든 몸을 풀 생각. 그다음에 미용실에 들러 파마와 염색을 하고 다음 코스는 백화점으로 가서 화장품이랑 옷을 쇼핑할 생각. 그다음은, 그다음은……. 로즈마리의 두 눈과 입술을 보니 머릿속에 장밋빛으로 퍼져 나가는 생각의 오로라가 내 눈에 다 보이는 듯했어.

"달걀귀신…… 아니, 이제 안개소문 손자 덕 좀 보자꾸나."

"걱정 마, 이젠 내가 로즈마리를 먹여 살릴 테니. 아예 보광동을 떠나자고."

우리가 신이 나서 미래의 계획을 세우고 있을 때였어. 강

만호가 조심스럽게 휴대폰을 켰어. 서울로 돌아오자마자 강
만호는 주인의 발길질을 기억하는 당나귀로 돌아간 양 겁에
질린 눈치였어. 휴대폰을 켜자마자 여러 통의 문자가 쏟아졌
어. 한 손으로 핸들을 잡고 나머지 손으로 문자메시지를 확
인하던 강만호는 잠시 동안 아무 말도 안 했어.

"사람이 죽었다는데? 안개남자…… 그거 진짜야?"

내가 대답을 하려는데 요란스레 휴대폰 벨이 울렸어.

강만호가 통화 버튼을 누르자마자 욕설이 폭우처럼 쏟아
졌지. 뒷자리에 앉은 나에게 욕설과 침이 그대로 튈 것 같아
나도 모르게 두 손으로 얼굴을 가렸어.

17.

평소와 별로 다르지 않은 점심시간이었어. 아마 강만호와
내가 미덕의 집으로 갈지 말지 차 안에서 갈팡질팡하던 때였
을 거야. 여의도의 직장인들이 점심을 먹으러 빌딩 바깥으로
우르르 쏟아져 나왔고 오늘은 어떻게 배를 채울까 입맛을 다
셨지. 하루하루 지쳐 가는 직장인에서 겨우 배부른 인간으로
돌아와 자신의 존재에 만족하는 소중한 점심시간에 사건이
터졌어. 모든 직장인들의 입맛을 싹 사라지게 하는 괴상한
일이.

여의도광장 저쪽에서 한 남자가 큰길로 걸어왔어. 겨울 점퍼 차림이었고 얼굴이 땀으로 흥건히 젖어 숱 없는 머리카락이 찰싹 머리통에 들러붙어 있었어. 야위고 볼품없고 병색이 짙은 장년의 남자였어. 그때까지 그 남자가 특별히 눈에 띄진 않았어. 실제로 몸이 아플 수도 있고 한순간의 파산에 넋 놓은 이들이 가끔 한낮의 거리를 돌아다니기도 하니까. 그러다 길바닥에서 자는 신세로 전락하기도 하고. 어쨌든 남자는 횡단보도 앞에서 옷을 벗었지. 두툼한 겨울 점퍼를 벗자 목이 늘어난 반팔 셔츠와 앙상한 팔이 드러났어.

사람들의 시선이 모두 남자에게로 쏠렸어. 정확히 말하자면 남자의 손목과 팔뚝에 맺힌 불순한 무언가에. 담뱃불로 지진 흉터처럼 안개는 곳곳에 작게 피어 있었어. 수십 개의 안개들이 열을 지어 남자의 팔을 뒤덮고 있었지. 남자는 안개가 고통스러운지 셔츠 앞자락을 움켜잡고 사납게 몸을 비틀다 횡단보도에 스르르 맥없이 주저앉았어. 직장인 몇몇이 서둘러 그를 피했지. 평범한 직장인들의 평범하지만 소중한 식욕은 그렇게 짓밟혔어. 일찌감치 사무실 밖으로 나와 점심 대신 카페라테 한 잔을 테이크아웃한 여직원은 들고 있던 커피를 바닥에 떨어뜨렸어. 플라스틱 뚜껑이 컵에서 떨어지고 횡단보도 바닥에 커피가 쏟아졌어. 아스팔트 바닥을 적신 갈색 커피는 피고름을 연상시키며 사람들의 비위를 난도질했지. 남자가 허공으로 팔을 뻗었어. 그가 팔을 흔들 때마다 점점이 박힌 안개가 더 선명하게 눈에 들어왔어. 남자는 입에 거품 인 침을 물고 몸을 부르르 떨다 눈을 흡뜨고 죽었어.

평온한 여의도의 점심시간은 그렇게 엉망으로 변했어. 사람들은 남자의 죽음에 동정의 눈길을 보내지 않았어. 바쁜 직장인의 유일한 안식인 점심시간을 안개남자의 죽음 따위가 망쳐 버렸으니까. 그의 팔뚝을 뒤덮은 그것에서 사람들은 공복보다 더 끔찍한 혐오의 징조를 읽었으니까. 그들은 텔레비전에서 본 안개소문 덕에 사람의 살갗에 안개가 피어날 수 있다는 사실을 알고 있었어. 그들의 머릿속에서 현상일 뿐인 안개가 순식간에 질병으로 변해 버렸지.

18.

늦은 오후 강만호의 집에 무거운 공기가 흘렀지만 정적이 감돌지는 않았어. 윤덕호 혼자서 열 사람분의 욕설을 내뱉으며 거실을 빙빙 돌았지. 그는 내 멱살을 잡고 따지고 들었어. 왜 안개남자가 더 있다는 말을 하지 않았냐, 도대체 그게 질병이란 사실을 숨긴 의도는 뭐냐, 이런 식이었는데 한 번이 아니라 여러 번 한 말을 하고 또 했어.

나는 그 자리에서 입을 다물었어. 사실 나는 처음에 모든 것을 털어놓았어. 강만호가 내 인생을 각색할 때 전부 빠짐 없이 말했다고. 그때 윤덕호는 컴퓨터로 고스톱을 치고 있긴 했지만 옆에 있었어. 엉겁결에 안개남자들이 존재한다는 이야기까지 들었는데, 그래도 얼굴에 안개 덮인 놈은 너밖에 없지, 이러고 실실 웃고 다시 또 고스톱을 쳤지. 그런데 이제 와서 그런 어마어마한 비밀을 숨겼느니, 이러면서 따지는데 억울했지만 탈탈 털어 들추기는 또 싫었어. 옆에 앉아 있는 강만호의 얼굴이 하얗게 질려 버렸거든. 강만호가 각색할 때 전부 털어놓았다고 떠들면 분명 당나귀는 빈방으로 끌려가 몇 분 안에 너덜너덜한 샌드백이 될 테니까.

"얘야, 이 양반 왜 이렇게 입이 걸어? 아이고, 가슴이 두 근 반 세 근 반이라 이 할미는 너무 무섭구나."

로즈마리가 금방이라도 쓰러질 것처럼 창백한 얼굴로 내 팔을 붙잡았어. 참, 대단한 거짓말쟁이였지, 로즈마리도.

윤덕호는 로즈마리를 노려보면서 씩씩거리다 눈을 감고 고개를 뒤로 젖혔지. 만약 로즈마리를 향해 욕설 비슷한 말을 한마디만 떠벌리면 그땐 내가 들이받을 차례였어.

윤덕호는 땅이 꺼지게 한숨을 내쉬고 다시 주먹을 이로 깨물었어. 삼켜 버릴 듯이. 그러다 겨우 말문을 열었지.

"좋아, 좋아. 머리 좋은 세 사람이 알아서 생각들 하셔. 대신 난 죽어도 손해는 안 보는 사람이고 혼자 죽을 거면 일일이 다 배 째고 가는 놈이니까 그것만 알아 두라고."

반쯤 찌그러진 담뱃갑을 호주머니에 쑤셔 넣고 윤덕호는 나가 버렸어.

윤덕호가 사라지자 한순간에 집 안이 조용해졌어. 정적이 흐르고 안개는 뿌옇게 가라앉아 움직이지 않았어.

"기다려 봐, 잠잠해질 때까지. 어차피 이번 주 스케줄은 다 취소니까."

강만호는 의자에 앉아 담담하게 담배를 입에 물었어. 그는 담배가 다 타들어 갈 때까지 여러 번 한숨을 내뱉었어. 한숨과 연기와 안개 속에서 당나귀는 더 늙어 보였어.

19.

그날 밤 두 번째 안개남자가 인사동 사거리에서 죽었어. 채 한 시간이 지나지 않아 인터넷 뉴스 곳곳에 안개남자의 사진이 퍼졌지. 남자의 시체가 통째로 모자이크 처리되어 그는 그냥 안개에 둘러싸인 시체 같았어. 그 남자는 쪽방에 사는 노년의 사내였는데 안개남자가 아니었다면 그의 죽음이 매스컴을 타는 일은 없었을 거야. 추운 겨울이었지만 그는 자랑이라도 하듯 러닝셔츠를 잔뜩 추켜올리고 홀쭉한 배를 드러내 놓고 죽었어.

이제 몇몇 기사에서 안개소문이 언급되었어. 사실 안개소문이 세상에 나타나지 않았다면 안개남자가 죽건 말건 언론은 아무 관심이 없었을 거야.

그날 윤덕호는 집에 들어오지 않았어. 강만호가 새벽에 전화를 했는데 꺼져 있더라고. 아마 기자들이나 방송 관계자들의 전화가 폭주했을 테지. 이제 초점은 사람들 앞에 안개얼굴로 돌아다닌 한 인물에게 쏟아질 차례였어. 다들 안개와 죽음에 대한 안개소문의 시원스러운 해답을 듣길 바랄 테지.

다들 안개를 본 적은 있지만 안개가 뭔지 정확히는 몰라. 단 한 사람 안개얼굴 남자만이 안개에 대해 말할 수 있을 거라 여기는 거지. 안타깝고 미안한 일이지만 나도 내 얼굴의 안개에 대해 아는 게 없어.

나는 밤새 입을 다물고 그저 뒤척였어. 얼굴이 아니라 생각까지 모두 뿌옇게 차오르는 기분이었어. 그날 밤은 그랬어, 우리 세 사람 모두.

다음 날 아침 안개남자의 죽음에 대한 기사들이 인터넷에 우르르 올라왔어.

나는 벽에 기대 웅크리고 앉아 있었어. 몸에 피어나는 안개에 대한 추측성 기사들을 강만호가 되풀이해 읽었어. 매독성 안개라느니 감염성 안개라느니 바이러스성 안개라느니하는 신조어가 하룻밤 사이에 뚝딱 튀어나왔어. 이제 안개는 질병으로서의 가치를 부여받은 셈이었어. 하지만 그게 전부였어. 안개소문과 안개남자들의 죽음 사이에 놓인 뚜렷한 연관성을 기자들이 더는 찾지 못했어.

"이게 더 무서운 일이야."

강만호는 담배 한 대를 꺼내려다 다시 집어넣고 회전의자를 빙글 돌려 나를 보았어.

"사람들은 안개남자의 죽음에서 네 얼굴을 떠올릴 거야. 넌 뇌염모기나 들쥐 같은 존재가 된 거라고. 낙인찍힌 거지."

로즈마리는 오전 내내 입을 다문 채 그저 자그마한 몸으로 바스락거렸어. 요양원에서 나오자마자 읍내 화장품 가게에서 산 구루프로 머리를 말고 찬장과 냉장고를 뒤졌지. 그녀는 허리가 뚝 잘린 햄과 꼬랑지만 남은 당근과 시큼한 김치와 유통기한이 이틀쯤 지난 계란 두 개에 찬밥을 넣고 프라이팬에 볶았어. 강만호의 어머니가 시골에서 보내 준 들기름을 듬뿍 뿌려서. 매큼하고 구수한 냄새가 땀내와 한숨으로 얼룩진 시큼털털한 고민의 냄새를 휘휘 쫓아냈어.

우리 셋은 거실 바닥에 신문지를 깔고 주저앉아 볶음밥을 먹었어. 어딘지 도망자들의 최후의 만찬 같은 분위기였지.

로즈마리는 밥공기에 따로 강만호 몫의 밥을 덜어 주었어. 나와 로즈마리는 프라이팬을 놓고 함께 밥을 먹었지. 강만호는 첫술을 뜨기 전에 안개 속으로 사라지는 밥숟가락을 오래 쳐다보았어.

우리 세 사람 중 제일 심각한 얼굴은 강만호였어. 해고 통지서를 받고 차마 가족에게 알리지 못하는 가장의 얼굴이었어. 반면 로즈마리는 겨우 미덕의 집을 빠져나왔는데 귀찮은 일이 생겨 짜증난다는, 바람 잘 날 없는 집의 옆집 할머니 같은 표정이었지.

나? 내 얼굴은 안개로 가려져서 강만호나 로즈마리나 전부 몰랐을 거야. 나도 내 표정이 어땠을지 상상조차 안 갔으니까.

나는 김칫국과 들기름이 밴 매큼한 밥을 어금니로 씹었어. 씹고 또 씹었어.

누군가 손을 뻗어 내 뺨을 툭툭 쳤어. 나를 기르면서 안개 얼굴에 손 한 번 대지 않던 로즈마리였어.

"원, 이 시시한 얼굴이 뭐 그리 대단하다 난리법석인지."

그러면서 로즈마리는 계속 내 따귀를 때렸어.

"왜 밥 먹는데 사람을 건드려?"

내가 손을 툭 밀어내자 로즈마리는 어깨를 가볍게 흔들며 코웃음을 쳤어.

"어이구, 이 사람아. 열 받아서 그런다. 나는 억장이 무너져요. 손자 덕 좀 볼까 했더니 이제는 백화점이고 뭐고 다 날아간 거 아니냐. 그냥 요양원에 있었으면 매끼 편하게 밥이나 먹고 있을 텐데. 내 팔자가 그렇지. 무슨 말년에 그런 복이 있겠니? 평생 청소에 뒤치다꺼리에. 이건 무슨 팔자가 평생 화장실 팔자야. 냄새 나서 못 살겠어."

"알았어, 알았으니까 그만하시라고요."

"그래, 내가 얼굴도 안 보이는 달걀귀신하고 무슨 이야기를 오래 하겠니?"

윤덕호는 얼빠진 얼굴로 우리 두 사람의 말싸움을 바라보았어. 물론 그건 말싸움이 아니었어. 눈물이 흐르기 전에, 약해지기 전에 서로의 마음에 고춧가루를 뿌리는 우리만의 처방이었어. 간질간질 서로의 고통을 긁어 재채기 한 방으로 슬픔을 툭 털어 버리는.

로즈마리는 입을 꾹 다물고서 내 얼굴을 천천히 쓰다듬었어. 그건 내가 알고 있던 로즈마리의 손길이 아니었어. 로즈마리가 그렇게 부드러운 할머니인 줄 처음 알았지.

"찬물로 세수나 해, 이놈아. 만져 보니 그냥 개기름이 번들

대네."

로즈마리는 바지에 손을 문질러 닦고서 프라이팬을 치웠어.

나는 거실 벽에 기대어 로즈마리가 설거지하는 소리를 들었어. 수돗물이 쏟아지고 그릇이 달그락대고 로즈마리의 콧노래가 들렸어. 울음과 웃음 둘 다를 닮은.

식사를 끝내고 컴퓨터 앞에 앉아 있던 강만호가 나를 불렀어. 지금까지와는 다른 새로운 기사가 올라왔어. 안개소문을 잘 알고 있는 남자의 인터뷰 기사가.

20.

안개소문은 매독성 안면장애, 전염성은 없어.

매니저 윤덕호 씨, 안개소문의 숨겨진 사실 밝혀

"안개소문은 선천적인 매독성 안면장애 장애인입니다. 저는 지금껏 그 사실을 숨겼습니다. 불쌍하게 살아온 청년에 대한 혐오의 시선을 피해 보려 심사숙고 끝에 내린 결정이었습니다."

오늘 오전 본지 기자와 만난 윤덕호 씨(34. 사진)는 잠 한숨 못 이룬 초췌한 얼굴이었다. 눈가의 그늘이 짙었고 턱과

코밑에는 깎지 못한 수염이 덥수룩했다. 윤 씨는 안개소문의 매니저로 그의 일거수일투족을 알고 있는 유일한 사람이었다. 그는 안개소문의 과거와 자신과의 만남에 대해 털어놓기 전에, 깊은 한숨부터 내쉬었다.

윤 씨가 안개소문을 만난 것은 작년 여름이었다. 독거노인인 친척 어른을 방문하기 위해 보광동 주택가의 좁은 골목을 오르던 그는 후드티를 눌러쓴 괴상한 옷차림의 청년과 처음 마주쳤다. 선글라스와 마스크를 써 괴한과 비슷했으나 첫인상은 무섭다기보다 어딘가 측은해 보였다고 윤 씨는 회상했다. 청년은 나직한 목소리로 윤 씨를 불렀다. 청년에게 다가간 윤 씨는 안개소문의 얼굴을 보고 말을 잇지 못했다고 했다.

"얼굴이 온통 안개로 가려졌죠. 겨우 어눌하게 말을 하는데 목소리조차 소름이 끼쳤어요. 그때는 솔직히 괴물과 다를 바 없었습니다. 그럼에도 어떤 인간적인 연민 때문에 말을 붙여 보았습니다."

안개소문은 그 출생부터가 비극이었다. 유흥가를 들락거리던 젊은 처녀의 사생아로 태어나 젊은 시절 기지촌 클럽에서 일하던 할머니의 손에 길러졌다. 태생부터가 불행했던 안면장애 청년은 열악한 가정환경 속에서 성장했다. 더구나 안개소문의 할머니는 손자를 부끄러워한 나머지 그를 집 안에 가둬 두고 일절 바깥 외출을 금지시켰다. 윤 씨가 들은 바에 따르면 안면장애 청년의 자유는 겨우 밤에만 허용되었다. 할머니가 잠들면 얼굴을 가리고 겨우 도망치듯 방에서 빠져나와 골목에서 서성이는 것이 청년의 유일한 낙이었다. 하지만 안개소문은 캐스팅 매니저였던 윤 씨를 만나면서 새로운 인생을 살게 되었다.

"처음 보았을 때 안개소문은 그저 특별한 안면장애가 있는 지진아에 지나지 않았습니다. 글도 읽을 줄 몰랐고 말도 겨우 어눌하게 했으니까요. 돌고래 수준의 인간이었습니다. 저는 안개소문에게 희망과 용기를 주고 싶었습니다. 그 청년이 할 수 있는 일이 뭐가 있겠습니까? 그래서 일 년 동안 그에게 글을 가르치고 성대모사의 재주를 익히게 했습니다. 사람들의 구경거리가 되는 일 외에 이 사회에서 안개소문이 다른 일을 하긴 힘들 테니 말입니다."

올겨울 안개소문은 서울 인사동 거리에 나타나 큰 화제를 불러일으켰다. 이는 윤 씨가 사전에 계획한 이벤트로 안개소문을 세상에 알리기 위한 일종의 해프닝이었다. 윤 씨의 작전은 성공했고 인터넷에 퍼지기 시작한 입소문 덕에 안개소문은 텔레비전 출연의 기회를 얻었다. 그 후 각종 지방 행사에서 최고의 대우를 받으며 최근까지 많은 인기를 얻었다. 현재 트로트 가수 데뷔를 앞두고 '내 사랑, 안개사랑'이라는 디지털 싱글을 준비 중이었다.

그러던 차에 안개남자의 죽음이란 전대미문의 사건이 발생했고 안개소문에 대한 관심이 곳곳에서 쏟아졌다. 이에 윤 씨는 처음 안개소년을 진료한 전문의의 소견서를 들고 본지 기자를 직접 찾아왔다.

"전문의가 말하길 매독성 안면장애는 불건전한 성관계를 통한 질병으로 모자 감염의 확률이 가장 높다고 하더군요. 직접적인 전염성은 없는 것으로 알고 있습니다."

윤 씨는 안개남자들의 죽음은 안개소문과는 직접적인 관계가 없으리라는 자신의 소견을 밝혔다. 다만 안면장애가 매독과 관련된 만큼 안개남자의 죽음 역시 매독성 후유증의 말기 증상일지 모른다는 전문의의 의견을 덧붙였다. 매독이나 에이즈 등 성병의 말기 증상이 다양한 것은 익히 알려진 사실이라고 그는 덧붙였다. 따라서 건전한 성의식을 가진 평범한 시민이라면 안개남자의 죽음에 동요할 필요는 없다고 윤 씨는 주장했다.

끝으로 윤 씨는 비록 안개남자의 죽음과 안개소문과는 관계가 없지만 국민 정서를 고려, 앞으로 안개소문의 모든 활

동을 중단할 것이라고 밝혔다.

21.

그날 밤에 돌아온 윤덕호는 나와의 계약을 파기했어. 손해가 이만저만이 아니니 위약금을 물릴 거라며 길길이 날뛰었어. 다행히 로즈마리는 보광동으로 돌아간 뒤라 그 꼴을 보지 않았지. 안개장애는 어눌한 목소리의 숙맥처럼 가만히 서 있었어. 하지만 속은 부글부글 끓고 있었지. 여차하면 상대를 들이받을 찰나였어. 윤덕호는 이쪽이 얼마나 화가 나 있는지 도통 모르는 눈치였어. 나는 주먹을 꽉 쥔 채 빈틈을 노렸어. 수많은 거짓말로 내 운명을 마음대로 조작한 사기꾼을 향해 먼저 주먹을 뻗어 턱을 날려 버릴 타이밍을.

"형, 그냥 조용히 여기서 끝내."

강만호가 나직하게 말했어.

윤덕호는 강만호의 말대답이 어이가 없는지 그저 혀를 끌끌 찼어.

"이 새끼가 지금 미쳤나? 우리가 황금똥 싸는 부처냐? 손해가 얼만 줄 알아?"

"여기서 끝내자고. 안 그러면 형 밑에서 일 안 해."

가늘게 뜬 눈으로 윤덕호는 강만호를 위아래로 훑었어. 이빨을 드러내기 전에 잠시 코에 힘을 주고 숨을 고르는 맹수의 얼굴이었어. 그 사나운 얼굴을 무시하고 강만호는 안경을 추어올리고 씩 웃더라고. 그렇게 여유 있는 강만호의 얼굴을 본 건 처음이었어.

"우리도 깔끔하게 갑시다, 한 번쯤은. 이 녀석 덕에 오랜만에 돈 좀 만져 보고 사람답게 산 건 사실이잖아."

강만호는 윤덕호를 노려보다 재떨이를 집어 들었어. 그리고 수북한 담배꽁초에 가래침을 퉤 내뱉었어. 그는 재떨이를 책상에 내팽개치고 욕실로 들어갔어.

아무 일 없던 듯 강만호는 의자를 당겨 앉았어. 천천히 노트북 모니터를 바라보며 그저 마우스 패드를 만지작거렸지.

"됐어, 이제. 오늘 저녁에 보광동으로 조용히 돌아가라고."

"형도 이 기회에 새로 시작하지 그래요?"

강만호가 안경을 추어올리고 모니터를 뻐금대는 눈으로 쳐다봤어. 그는 그 상태 그대로 당나귀처럼 웅얼대듯 말했어.

"우린 한배를 탔어. 난파 직전인데 누군가 먼저 뛰어내리면 바로 끝. 진짜 재수 없는 관계라고. 뼈만 남은 관계."

그러더니 다시 기사를 찾아 읽다 말고 힘없는 당나귀처럼 희한한 소리를 냈어.

"뭐야, 세 사람이 동시에?"

나는 강만호 옆에 서서 함께 기사를 읽었어.

퇴근길 러시아워가 끝날 무렵에 죽은 남자는 모두 셋이었어. 장소는 강남역과 광화문역과 신촌역이었어. 세 남자 모두 지하철역 근처에서 배회하다 그대로 고꾸라졌지. 아무도 그 남자들의 셔츠는커녕 신발이라도 벗겨 볼 엄두를 내지 못했어. 기사 어디에도 남자들의 몸에서 안개가 터져 나왔다는 이야기는 없었어. 모두들 살이 찌고 머리숱은 좀 적어지고 그 얼굴이 그 얼굴로 보이는 양복 차림의 사십 대 후반에서 오십 대 초반쯤의 사내들일 뿐.

"안 되겠다. 이제 누군가 길에서 쓰러지기만 해도 무조건 안개남자가 되는 거야. 설령 몸에 안개가 없어도 안개남자야. 안개는 시체에서 풍기는 악취와 똑같아진 거야."

강만호는 검지로 마우스 패드를 툭툭 쳤어.

그때 욕실에서 샤워를 끝낸 윤덕호가 수건으로 머리를 말리며 거실로 나왔어.

"뭐야, 또야?"

그는 서둘러 노트북 앞으로 달려와 다짜고짜 내 팔을 잡아 끌었어.

"야, 얼른 나가. 한 번만 더 우리 앞에 나타나면 그땐 진짜 내 손에 죽을 줄 알아."

"뇨요, 내가 뭘 잘못했는데?"

"뭐? 너 때문에 우리 완전 독박 쓸 뻔했어. 너 때문에, 알아? 지금 너만 믿고 미리 당겨 쓴 돈이 얼만데. 우린 또 그 빚 때문에 도망쳐야 된다고."

윤덕호에게 멱살을 잡힌 나는 홧김에 그를 힘껏 밀쳤어. 엉겁결에 뒤로 밀려난 윤덕호가 둔탁하게 달려들어 주먹을 날렸어. 머리가 띵하긴 했지만 생각만큼 얼얼하진 않았어. 하지만 그 생각이 채 끝나기 전에 두 번째 주먹이 날아왔지. 강만호는 그만 좀 하라면서 뒤에서 윤덕호를 껴안았어. 그사이 나는 머리로 윤덕호의 턱을 들이박았고 어느덧 다리가 엉키고 중심을 잃어 셋 모두 바닥으로 고꾸라졌어.

우리는 다시 일어날 새도 없이 널브러진 채로 엎치락뒤치락 치고받았어. 주먹과 주먹, 발길질과 발길질이 한 덩어리로 뒤엉켰어. 처음엔 말리던 강만호도 싸움에 휘말려 들어 우리는 손에 닿는 대로 때리고 걷어차고 내리찍고 뒤집었어. 심판까지 뒤엉킨 세 사람의 레슬링이 있다면 아마 이와 비슷했을 거야. 어느새 먼저 빠져나온 나는 한쪽 구석으로 물러나 상황을 지켜보았어. 숨을 고르고 보니 안경을 벗은 당나귀가 승냥이의 두툼한 가슴팍에 올라앉아 목을 조르고 있었어. 살인이라도 할 것처럼 두 눈을 부릅뜨고. 당나귀, 무서운 남자였지.

그때 찬물을 끼얹듯 초인종이 울렸어. 한 번도 아니고 여러 번 신경질적으로 빽빽. 그러더니 요란스레 문을 두들겨 댔지.

"나갑니다, 나가요."

윤덕호가 소리를 빽 질렀어. 그는 두 눈을 부라리고는 자기 몸에 올라탄 강만호의 가슴팍을 두 손으로 힘껏 떠밀었어. 그리고 턱으로 현관을 가리켰어.

강만호가 알 하나가 깨진 안경을 주섬주섬 찾아 쓰고 현관으로 향하자 머쓱해진 우린 서로 시선을 피했지.

"혹시, 아까 닭 시켰냐?"

윤덕호의 말에 나는 대답 없이 벽에 기대어 씩씩거리기만 했어.

"넌 진짜 건방진 새끼야. 나한테 덤벼? 은혜도 모르는 놈. 인사동에서 나 아니었음 넌 밟혀 죽었고, 이렇게 유명해지지도 않았어. 그냥 평생 밑바닥에서 빌빌댈 팔자였다고."

코피가 나지 않는데도 윤덕호는 손으로 연신 코를 문질렀어. 그러더니 자기 팔뚝을 보고 어이없어했어.

"네가 개 새끼냐? 이빨을 왜 써?"

윤덕호는 자기 몸 여기저기를 살펴보았어.

나는 윤덕호의 말에 대답하는 대신 바닥에 드러누웠어. 하지만 한바탕 치고받고 한 뒤라 더는 화가 치밀지 않았어. 윤덕호도 다시 달려들 생각을 하지 않았어. 그저 툴툴대기만할 뿐. 그러는 윤덕호는 어딘지 모르게 겁먹은 눈치였어. 문득 호텔방에 나를 남겨 두고 떠나던 성형외과 의사 남 원장이 떠올랐어. 행동이나 말투나 전혀 닮은 구석이 없었는데신기하게 둘은 비슷한 인간으로 여겨졌어.

현관문이 벌컥 열리는 바람에 두 인간이 왜 닮았는지 깊게생각할 여유가 없었어. 강만호가 길게 내뱉는 낮은 신음 소리가 들렸어. 나는 현관 쪽으로 고개를 돌렸어.

로즈마리가 서 있었어. 그 뒤에 키 큰 얼음여왕이 서 있었고. 모피 코트 차림이었지만 여전히 냉정한 얼굴로. 하지만호텔에서 만났던 그 모습은 아니야. 화장은 옅었고 야하게풀어 헤치는 대신 머리는 단정하게 묶어 위로 올렸어. 그녀는 집 안을 휘 둘러보고는 신발을 벗고 방으로 들어왔어.

"여기도 한바탕 사건이 있었나 보군요."

윤덕호와 강만호 모두 안의 모습을 보고 얼어붙었어. 나는얼어붙지 않았어. 오히려 웃음이 나왔지. 그녀가 갑자기 나타난 것만으로 마음이 뜨끈해지다니 정말 우스꽝스러운 일이었어. 고층 빌딩에서 아래로 떨어뜨리듯 난장판으로 휙 내던진 사람이 바로 저 여자인데. 안개소년에서 안개소문으로,

안개장애에서 안개전염병으로 변하게 된 것 역시 그녀 때문인데. 하지만 자꾸 웃음이 나왔어. 그제야 왜 안개남자들이 갑자기 죽어 나갔는지 알겠더라고.

나는 벽에 몸을 기대고 편안하게 다리를 뻗었어. 한바탕 싸우느라 목덜미와 등은 땀으로 흠뻑 젖어 미끄덩했지. 나는 한숨을 길게 내뱉었어. 하지만 그건 진짜 한숨은 아니라서 가슴을 짓누르는 답답함 따윈 조금도 섞여 있지 않았어.

"예쁜이는 왜 그렇게 날 못 잡아먹어서 안달이래요?"

내 목소리를 듣고 안은 물끄러미 나를 내려다보았어. 베이지색 립스틱을 바른 입술에 미소가 감돌았는데 비웃음인지 반가워서 웃는 웃음인지 도통 알기 어려웠지.

"알잖아요, 안개다리를 사랑할 수 없는 노인네라는 걸."

엷게 화장한 안의 얼굴 역시 달라 보였어. 여전히 아름다웠지만 약간 지쳐 보였어.

안은 모피 코트를 벗어 옆에 서 있던 강만호에게 건넸어. 아주 자연스러운 동작이었지. 엉겁결에 커다란 털옷을 받아 든 강만호는 엉거주춤한 자세로 서 있었어. 그는 소파 등받이에 코트를 걸쳐 놓고서 멋쩍은 듯 죽은 친칠라의 털을 두어 차례 쓰다듬었어.

아무 장식 없는 검정 블라우스 차림의 안을 나는 잠시 바라보았어. 하지만 그녀와 지금 당장 침대로 가고 싶다는 생각은 들지 않았어. 문득 돌이켜 보니 속옷 차림이 아닌 안은 처음으로 본 거였어. 나와 안의 관계는 무언가 순서가 뒤바뀐 느낌이었어. 단맛 속에 숨겨진 어마어마한 쓴맛을 먼저 맛본 후여서 둘 사이에 달콤함이 아예 사라져 버린 그런 관계 말이야. 하지만 무슨 말이든 오래도록 그녀의 이야기를 듣고 싶어졌어.

안은 소파에 앉아 무심하게 어깨에 묻은 실오라기 하나를 집어냈어. 그리고 잠시 아무 말도 하지 않았어. 목소리를 잃은 사람처럼. 나는 보이지 않는 입으로 먼저 말을 걸었지.

"예쁜이가 나를 찾아가라고 했어요?"

내 질문에 안은 고개를 저었어. 하지만 입꼬리를 올려 가볍게 미소를 지었어. 그런데도 이상하게 그녀는 슬퍼 보였어. 나이트가운 차림으로 내 앞에서 눈물을 흘리던 순간에도 슬픈 얼굴은 아니었는데 말이야.

"아니요, 할 말이 있어서 찾아왔어요. 그게 전부."

나는 벽에 몸을 기댄 채로 안의 목소리에 귀를 기울였어. 한바탕 싸움을 끝낸 터라 턱이 얼얼했지만 그 정도 마음의 여유는 남아 있었지. 그리고 문득 돌이켜 보니 나는 안의 목소리가 예전부터 그리웠던 것 같았어.

22.

예쁜이, 그러니까 회장은 당신의 성공에 불쾌해했어요. 안 개얼굴이 유명해지다니, 유명한 그가 보기엔 말이 안 되는 일이었죠. 사람들이 안개에 환호하고 안개를 덮어쓴 얼굴을 만져 보려 안달하는 걸 견딜 수 없었죠. 회장은 아무리 자신의 육체라도 염소 털을 쏙 빼닮은 안개로 뒤덮인 허벅지와 정강이를 사랑하진 못하거든요. 예상이 빗나갔다는 것 역시 참지 못했죠. 예쁜이는 자기 판단이 빗나갈 수 있다는 걸 이해하지 못해요. 노인 특유의 옹고집과는 달라요. 그저 자기 스스로를 종교처럼 믿는 거죠.

회장은 패배를 인정하는 대신 계획을 바꿨어요. 그의 작전은 당신의 목을 조르는 거였어요. 물론 무식하게 폭력을 쓸 생각은 아니었어요. 간접적으로 우아하고 은밀하게 목을 조를 계획을 세웠어요. 겉으로 표정이 드러나진 않았지만 예쁜이는 사랑에 빠진 남자처럼 행복해했어요. 그는 사람보다 계획을 사랑하는 남자니까요.

우선 몇 명의 안개남자를 매수했어요. 모두 경제적 조건이 최악인 사람들이었어요. 사는 게 사는 것 같지 않은 사람들만 골랐어요. 한 명은 쪽방 신세였죠. 다른 한 남자는 주식으로 망해서 이혼당했어요. 신용 불량인 건 말할 것도 없고. 나머지도 비슷비슷했죠. 인생의 패배자인 안개남자들만이 회장의 계획에 어울렸어요. 그들에게 회장은 심플한 제안을 했어요. 당신이 밑바닥 인생에서 벗어나 자살할 수 있게 도와주겠다. 대신 일주일간 성공한 남자의 호사스러운 생활을 누리도록 해주겠다. 여자, 술, 도박, 시가, 그 외에 한 남자가 원하는 모든 즐거움을 압축시킨 엑기스로.

목숨으로 거래하는 일주일의 쾌락이었죠. 하지만 두 남자를 뺀 나머지 안개남자들은 구차한 목숨이 아까워 회장의 제안을 거절했어요.

일주일의 쾌락 이후 목숨을 버려야 한다는 사실을 왜 미리 알려 주었냐고요? 예쁜이는 정직한 사람이거든요. 그는 거짓말을 경멸하죠. 거짓말이 난무하는 사회 풍토를 보며 늘 화를 내는 남자예요. 당연히 일주일 후 안개남자의 목이 달아난다는 걸 말해 줘야 정당한 것이라고 여겼어요.

어쨌든 두 안개남자는 넓은 스위트룸을 독차지하고서 행복한 주지육림의 일주일을 보냈어요. 여자들과 섹스를 하다 지치면 벌거벗고 시가 연기 속에서 포커를 치고, 그러다 목이 타면 양주로 병나발을 불었죠. 한 닷새 정도는 꽤나 행복했을 거예요. 호텔방에서 나온 아가씨들이 그들에게 제일 많이 들었던 말이 '죽어도 여한이 없어'였다고 하니까요. 그 보고를 듣고서 회장은 혀를 찼어요. 트로피냐…… 조약돌이냐. 몇 번이고 넌지시 그 말을 흘렸죠.

그러니까 트로피와 조약돌은 회장이 여자의 아름다움에 빗대 한 말일 거예요. 내 해석은 이래요. 평범한 남자들은 인생의 성공을 여자로 여기죠. 그러니 성공의 황금 트로피는 쉽게 얻을 수 없는 미인인 셈이죠. 그들은 안주하고 실패하죠. 하지만 회장은 여자를 조약돌로 생각하는 거예요. 강가에 앉아 쉬는 시간에 반질반질 매끈하고 아름다워서 한번 만져 보다 다시 강물로 던져 버리는. 조약돌은 강물에 던지고 남들보다 서너 걸음 앞서 달려가는 남자가 성공한다고 여기는 거죠.

기분이 좀 불쾌하더군요. 나는 트로피나 조약돌이 아니니까. 그저 회장을 예쁜이로 사랑했을 뿐.

그들이 죽음에 이르는 시간이 가까워질수록 나 역시 불안해졌어요. 당신에게 메일을 쓴 건 죄의식을 털어 내기 위해서였는지 몰라요. 안개소문이 유일한 혈육인 외할머니와 재회하면 마음이 약간은 가벼워지리라는 그런 이기심? 나는 당신에게 쓴 메일 마지막에 회장의 계획을 적었다가 다시 읽어 보고 그 부분만 지워 버렸어요.

짧은 순간 황금 몸매의 트로피를 거머쥔 안개남자들은 엿

새째가 되자 우울해졌어요. 그들은 시간을 달라고 한 다음 가족에게 편지를 썼어요. 맛 좋은 음식이 물렸는지 두 남자 모두 두 끼나 끼니를 걸렀어요. 나는 마지막 날에 맑은 콩나물국과 밥과 김치와 밑반찬 두어 가지 등 간소하게 차려진 식사를 가져다줬어요. 그들은 눈물로 호소하며 다시 살아갈 힘을 얻었다고 나에게 매달리더군요. 그러나 그들의 식사엔 정확히 네 시간 후면 내장이 비틀리며 사망할 독약이 들어 있었죠. 물론 두 사람 사이에 약간의 간격을 뒀어요. 한 사람은 아침 식사, 나머지 한 사람은 늦은 점심 식사에.

회장의 명령에 따라 그들의 식사에 독약이 들어 있다는 말은 하지 않았어요. 그들은 오랜만에 만난 소박한 밥상을 눈물을 흘리며 먹었어요. 그들을 빤히 지켜보던 나는 끝까지 입을 다물었어요. 예쁜이는 거짓말은 싫어해요. 하지만 침묵은 사랑하죠. 때로 침묵은 많은 걸 이룰 수 있으니까. 하지만 나는 침묵을 혐오해요. 그건 때론 비겁하게 뒤에서 찌르는 칼이니까. 하지만 나는 입을 다물었어요. 나는 회장의 목소리, 결정타를 위해 침묵을 유지해야 하는 목소리라서. 그게 습관이 된 여자가 과연 동정심 때문에 모든 일을 망칠 수 있겠어요?

두 안개남자의 죽음만으로도 회장은 풍문의 바람이 불리

라 생각했어요. 사람들 사이에 퍼지는 안개라는 전염병에 대한 공포로 당신이 몰락하는 거죠. 그런데 참 다급하게도 저기 서 있는 저 건달이 인터뷰를 한 거죠. 안면장애니 하는 거짓말을 덧붙여서 건전한 인간은 어쩌네 하면서 말이에요. 모든 일을 시시하고 쉽게 잊히도록 만들어 버렸죠.

회장은 평소보다 조급해져서 서둘러 자살할 안개남자를 더 찾았어요. 그러나 그건 몇 시간 만에 할 수 있는 일이 아니었죠.

"안개남자…… 남자…… 다를 건 없지."

나는 회장의 입가에 머물던 미소를 기억해요. 절대 잊을 수 없죠.

그날 오후 회장의 수행 비서가 세 명의 중년 남자들을 호텔방으로 데려왔어요. 한 명은 기업 중간 간부로 명예퇴직을 당할지 아니면 마지막 승진을 하게 될지 기로에 서 있는 남자였죠. 다른 남자는 회장의 기업에서 하청을 받는 중소기업의 대표였어요. 명예퇴직을 당해 다른 일자리를 찾기 위해 애를 쓰는 남자도 불려 왔죠. 그들은 눈앞에서 회장을 보자 모두들 얼어붙어 버리더군요.

"한 가지만 묻지. 나를 위해 죽을 수 있나?"

그 말에 세 남자는 조금의 머뭇거림도 없이 다들 고개를 끄덕였어요.

나는 소름이 끼쳐 문을 박차고 나가 버렸어요. 나는 복도 벽에 기대 숨을 골랐어요. 곧이어 호텔방 안으로 양주와 간단한 안주가 들어갔어요. 나는 내 손으로 그 술에 약을 타는 일은 죽어도 하지 않으리라 다짐했죠.

호텔 라운지 커피숍으로 가서 커피를 마셨어요. 조명은 은은하고 음악은 부드럽게 간질대고 테이블 곳곳을 차지한 교양 있는 중년 부인들이 차를 마시며 우아하게 대화를 나누었어요. 나는 턱을 괴고서 냅킨에 일회용 설탕을 뜯어 쏟아부었어요. 사르르 쌓인 설탕 가루를 만지작대며 그동안 내가 행복했는지 따져 봤어요. 땀에 젖은 손가락에 설탕이 묻어 끈적였죠. 내 손가락이 설탕물에 빠진 개미처럼 여겨졌어요.

나는 처음으로 예쁜이에 대해 다시 생각했어요. 왜 그가 사람을 사람으로 여기지 않을까 따져 봤어요. 한 남자의 특별한 어린 시절을 떠올렸어요. 권력과 부를 가지고 태어난 꼬마에게 접근한 많은 이들의 목소리가 어땠을지 상상했어요. 아첨이 늘 설탕처럼 달콤할까 궁금했어요. 돈 앞에 사람이 개처럼 쉽게 비굴해진다는 걸 유치원에 들어갈 나이에 배운 아이가 어떤 얼굴을 갖게 될지 그려 봤어요. 땀과 설탕 범벅으로 끈적이는 손가락을 물끄러미 바라보며 생각했어요.

아무도 믿지 못하고 늙어 버린 남자의 세월을. 인간을 체스판의 말처럼 여기는 남자가 품은 위험한 환상들을.

한 시간쯤 후에 호텔방으로 올라오라는 회장의 문자메시지가 내 휴대폰에 들어왔어요.

방에 들어서니 회장은 혼자 의자에 앉아 있더군요. 테이블에는 빈 술잔 세 개가 놓여 있었어요. 회장은 술 한 모금 입에 대지 않았는지 취한 기색이라곤 전혀 없었지요. 그의 얼굴은 오히려 지나치게 창백해 보였어요.

"당신이 직접 약을 탔나요?"

"아니, 그들이 직접. 나를 위해 목숨까지 바칠 수 있다고."

"그들은 그게 가짜 약이라고 생각했을걸요. 당신에 대한 충직함을 평가하려는 유치한 시험이라고 믿었겠죠. 설마 당신이 그들을 진짜 죽이리라곤 꿈에도 생각하지 않았겠죠."

"그래……?"

회장은 약간 축축하게 젖은 눈으로 나를 바라보며 무덤덤하게 말했어요. 눈물인지 땀인지 알 수 없었죠. 그것만이 아니었어요. 나는 그가 내뱉은 말의 의미를 읽지 못했어요. 처음이었어요, 그의 짧은 말을 해석하지 못한 건. 그래……? 그건 남자들끼리 통하는 남자들만의 언어일지도 모르겠다는 생각이 들더군요. 슬퍼하는지 기뻐하는지 후회하는지 자신

만만한지 도무지 알 수 없는 말. 감정이라곤 조금도 배어 있지 않아 모래처럼 건조한 말이지만 꺼끌꺼끌한 무언가가 느껴지다 타인에게 전해지지 않고 바람에 섞여 그대로 흩어져 버리는 뉘앙스의 짧은 말. 그래……? 난 회장의 얼굴을 빤히 보았지만 그의 얼굴이 무얼 담고 있는지 알 수 없었어요. 눈코입은 전부 있지만 안개얼굴보다 더 무서운 얼굴이었죠.

"난 이제 당신을 떠날래요."

나는 넌지시 그리 말했어요.

"이제, 안개소문한테 가서 사실을 다 까발릴 건가?"

회장의 그 말을 듣자 아마도 내가 당신을 찾아갈 거란 생각이 들더군요. 그 전까지는 아예 그런 생각을 하지 못했어요. 그저 당신을 불쌍하다 여겼을 뿐.

"안, 그래도 달라지는 건 없어."

"그럴지도 모르죠. 하지만 진실을 알려 주고 싶어요. 난 내 맘대로 떠들 자유가 있어요."

회장은 나를 빤히 바라봤어요.

"안, 그날 밤 너무 늦게 일을 끝냈더군. 혹시 그 녀석하고 잤나?"

그는 그때까지 그 질문을 한 적이 없었어요.

"맞아요, 함께 즐거운 시간을 보냈죠."

나는 제자리에 서서 조명을 받아 희미하게 귤색이 감도는 흰 벽지를 바라보았어요.

"그랬군."

회장은 질투하며 화를 내지 않았어요. 만일 그가 내 뺨을 때렸다면 어땠을까. 만일 나를 침대에 앉히고 욕을 퍼부었다면 어땠을까. 그렇다면 나는 그 남자의 진짜 얼굴을 볼 수 있을 거라 생각했죠. 나는 회장의 얼굴을 빤히 쳐다보았어요. 그 노인은 물끄러미 나를 보더군요. 어떻게 여자란 생물이 얼굴에 안개를 뒤집어쓴 남자를 두려워하지 않는지 놀랍다는 듯. 그 생물의 머릿속을 뜯어보고 싶다는 눈초리로. 노인은 그저 머릿속에 질문만 남아 있을 뿐 오래전에 질투라는 감정을 잃어버린 사람 같았어요.

나는 문을 닫고 호텔 복도로 나왔어요. 엘리베이터 쪽으로 걷는데 눈앞이 흐릿해지면서 꼭 안개 속을 걷는 기분이더군요. 눈물이 잠깐 내 얼굴에 안개를 만들어 준 거죠. 나는 그날 저녁 미덕의 집에 전화를 걸었어요. 역시나 예상대로 당신이 외할머니를 데리고 나갔다고 하더군요. 무작정 보광동으로 찾아갔어요. 당신에게 할 말이 있었으니까.

내 말 잘 들어요. 당신은 이 세상에서 사라져야 해요, 새벽의 안개처럼.

당신이 회장과 싸울 방법은 없어요. 그는 개 같은 남자가 아니에요. 개를 조각한 석상 같은 남자죠. 석상으로 태어나서 죽을 때까지 석상으로 살겠죠. 다만 진실을 알려 주려고 찾아온 거예요. 진실을 아는 사람은 고통스러워도 덜 아프니까. 난 당신이 두렵고 무서울지라도 덜 아팠으면 좋겠어요.

23.

"난 하나도 안 무서워요."

안의 떨리는 목소리 때문에 그런 말을 한 건 아니었어. 나를 걱정스러운 눈으로 보는 로즈마리를 안심시키려 씩씩한 척 폼을 잡은 것도 아니야. 윤덕호와 강만호가 회장이 나쁜 놈이라며 당장이라도 쳐들어갈 기세라서 든든해서가 절대 아니었어.

그냥 무섭지가 않더라고. 그게 전부야.

나는 드러누웠어. 네 사람은 아무 말도 걸지 않았어. 사방이 고요했고 한참 동안 그렇게 천장을 올려다보았어.

누워 있다 보니 안개 속에 희미하게 보이는 천장의 불빛이 무서워졌어. 밝음의 공포. 어떤 기억이 칼끝처럼 날카롭게 나를 툭툭 쳤어. 차가운 수술대에 누운 내가 보였어. 마취 상태였지만 그때의 기억이 되돌아왔어. 희뿌연 안개 너머로 나를 빤히 쳐다보는 회장의 얼굴이 보였어. 그는 눈부신 한낮의 얼굴이었어. 그런 얼굴이 왜 내 배를 가르면서까지 아주 작은 안개를 찾아내려 했을까?

나는 귀를 기울였어. 내게 한마디 말도 건네지 않았지만 어쨌든 회장의 목소리에. 안개도청기는 인간이 목구멍 안쪽 마음 깊숙이 묻어 둔 비밀스러운 목소리까지 들을 수 있으니까.

생각보다 이유는 간단했어. 그러니까 그는 안개가, 자신의 육체의 일부가, 그가 아닌 그가 두려웠던 거야. 그게 회장의 약점이니까. 회장은 흐릿함 속에 있지만 진짜 흐릿함의 의미가 무언지 모르는 거야. 그러니 흐릿함 자체인 나를 두려워하게 된 거지.

회장과 싸울 생각은 없었어. 하지만 알려 줘야겠더라고. 궁금한 거, 그거 말이야. 그건 보통 근지러운 게 아니거든. 살갗이 근질근질한 게 아니라 마음 깊숙한 곳 어딘가가 근질근질한 거니까. 어떻게 긁어야 할지 본인마저 모르는 거야. 엄청나게 답답하지. 나도 어렸을 땐 그랬거든. 거울을 보며 얼굴을 긁고 또 긁었어. 물론 근지러워서가 아니야. 로즈마리가 매번 사 오던, 동전으로 벗기면 횡재인지 꽝인지 드러나는 즉석 복권처럼 나를 긁으면 숨겨진 얼굴이 나오리라! 하지만 내 얼굴은 나오지 않고 그냥 손톱에 긁은 자국이 생겨 쓰리기만 했지.

안개얼굴, 그냥 그게 얼굴이야. 그리고 얼굴이 있는 사람이라면 자기 목소리로 말을 할 수 있지, 당연히.

나는 다시 일어나 양반다리를 하고 앉았어.

"내가 예쁜이를 만날 순 없겠죠?"

"네, 그는 쓸모없게 된 사람과 만나지 않아요."

"하지만 날 보게 될걸요."

나는 강만호에게 캠코더를 가져다 달라고 부탁했어. 그리고 내 모습을 동영상으로 찍었어.

강만호가 촬영을 시작하자 나는 입고 있던 티셔츠를 벗었어. 길게 그어진 뚜렷한 흉터를 드러내려고.

24.

회장님, 오랜만이에요. 기억하죠? 당신이 직접 내 배를 가른 거 말입니다. 내 폐와 심장과 위장을 만져 봤다면서요. 심지어 메스로 내 머리까지 갈라 보려 했다면서요. 감사합니다, 나를 꿰맨 다음 이 세계에 내보내 줘서. 안개소년을 안개소문으로 만들어 줘서. 내게 말할 수 있는 기회를 줘서.

감사한 마음에 알려 드릴게요. 당신이 그토록 안개의 원인을 찾으려는 이유를요.

나의 아버지는 나를 보고 기겁했어요. 안개를 덮어쓴 갓난아기라니 얼마나 웃겨요. 너무 웃긴 건 때로 사람들을 놀라게 하죠. 그러니 안개는 놀랍게 웃긴 거죠.

믿지 못하겠죠? 왜냐면 회장님은 그 허벅지와 정강이를 덮은 염소 털 같은 안개를 보고 웃은 적이 없을 테니까. 나는 매일 여러 번 비누칠을 해서 얼굴을 씻어요. 안개를 없애려고? 아니요, 안개가 없어지지 않는다는 걸 알기에 하는 놀이죠. 그러니 안개는 그냥 놀이에요.

이상할 거예요, 어떻게 안개가 놀이가 되는지. 하지만 보셨잖아요, 사람들이 다들 나에게 다가와 내 얼굴을 들여다보고 만져 보려 안달했던 걸. 게다가 다들 내 얼굴을 바라보고 만져 보며 행복해했다고요. 당신이 이 안개를 질병으로 만들려고 몇몇 안개남자를 독살하기 전까지. 그들이 길거리에서 픽픽 쓰러지기 전까지. 안개남자가 아닌 남자들을 당신이 독살해 길거리에 휙휙 내던지기 전까지.

왜 그렇게 안개를 두려워하죠? 안개가 혹시 달걀귀신인가요?

달걀귀신에 쫓겨 다니는 불쌍한 남자를 상상해 봤습니다. 그 남자는 어쩌면 자신이 달걀귀신과 닮아서 무서워하는 게 아닐까요?

사실 사람들은 멋진 얼굴을 원하잖아요. 하지만 멋진 얼굴을 만들려면 많은 것들이 필요하죠. 정장, 넥타이, 와이셔츠, 도전 정신, 책임감, 단단한 주먹, 든든한 어깨, 꽉 다문 입술, 씩씩한 목소리. 대신 없앨 것도 엄청 많죠. 우울한 얼굴을 비롯한 어마어마하게 많은 표정들을 깡그리. 그러니 그 멋진 얼굴을 위한 포장지가 벗겨지면 표정조차 사라진 달걀귀신으로 변하겠죠.

　아, 잠깐. 달걀귀신을 겁내는 회장님을 위해 달걀귀신 변신 레시피를 알려 드릴게요. 간단합니다. 하얀 와이셔츠를 몸에 걸치는 대신 얼굴에 뒤집어써요. 셀카를 찍으면 끝. 간단하죠? 달걀귀신 되는 건 달걀 삶는 것보다 쉽죠. 안개는 역시 두려운 달걀귀신인가요?

　고개를 끄덕일지 몰라요. 하지만 난 달걀귀신이 아니에요. 안개얼굴은 껍질이 아니거든요. 무슨 말인지 모르겠다고요? 그러면 회장님, 안개 속을 걸어 보세요. 길을 찾으려 애쓰지 마시고, 그냥 안개가 낀 거리를 걸어 보세요. 안개가 살갗에 닿는 촉감이 얼마나 순간순간 달라지는지, 눈앞에 펼쳐진 풍경이 안개의 고요한 흐름에 따라 어떻게 달라지는지. 안개는 그러니까 당신이 숨을 쉴 때 함께 숨을 쉽니다. 뼈와 살로 이루어진 당신은 아니지만 살아 있는 당신이라서.

아직 안개가 왜 당신에게 나타났는지 모르겠다고요? 그러면 회장님, 그건 당신의 이해력에 한계가 있기 때문이에요. 부끄러워하지 마세요. 회장님이 모든 걸 다 알 수는 없잖아요. 고개를 숙이고 눈을 게슴츠레하게 뜨고 당신의 허벅지와 무릎과 정강이를 쓰다듬어 보세요. 당신을 뒤덮은 안개에 대해 원인을 생각하지 말고 느끼세요. 안개가 어떤지, 왜 당신에게 찾아왔는지. 안개는 흐릿하지만 모두에게 다 다르니까. 당신에게만 들리는 목소리로 속삭일 테니까.

25.

웹에 올라온 안개소문의 동영상은 순식간에 퍼졌어. 나는 회장이 누구라고 실명을 밝히지 않았어. 하지만 채 하루가 지나지 않아 회장이 누구인지에 대한 추적은 점점 소수의 몇몇으로 좁혀졌어.

사람들 사이에서 회장이 왜 안개남자가 되었는지에 대한 갑론을박이 오갔어. 누구는 문란한 성생활을, 누구는 괴벽으로, 혹자는 타고난 것이라는 추측을 했지. 안개얼굴을 한 안개소문도 있는데 안개다리를 한 회장도 있을 수 있지 않느냐, 이런 거였어. 워커홀릭 증상이 심해지면 난로 위에 놓인 뜨거운 주전자처럼 뇌에 증기가 껴서 안개로 변해 그 기운이 아래로 흘러내려 와 안개다리가 생긴다는 가설까지 튀어나왔어. 그 이야기들은 처음에는 제법 심각했으나 나중에는 장난처럼 흩어졌어. 뿌연 안개가 결국 아무것도 아닌 것처럼. 아무리 짙은 새벽안개라도 날이 밝으면 쉽게 사라져 버리듯.

언론에서는 더 이상 안개남자들의 죽음을 다루지 않았어. 하루 정도 몇몇 매체에서 안개소문의 동영상을 보도했지만 무슨 까닭인지 더는 심도 있게 다루지 않더군. 안개남자들의 죽음에 관한 뉴스의 마지막 댓글은 이랬어.

그래도 행복하게 죽었네. 장렬하게 스펙터클하게 만인 앞에서. 하루에도 몇 명씩의 사람들이 길거리에서 초라하게 가는데.

시간이 흐를수록 안개남자에 대한 관심이 시들해졌어. 더불어 웹에 올라온 동영상들이 하나둘 사라졌어. 누가 손을 썼는지는 알 수 없었지. 어쩌면 아무도 손을 안 썼는지도 몰라. 안개소문은 수많은 세상의 소문처럼 그저 흘러가 버린 거지.

가슴이 아프진 않았어. 나는 바깥이 얼마나 우스운지 익히 알고 있었으니까.

3부 /
안개로션

1.

나는 밤에 돈을 벌어. 깔끔하게 딱 떨어지는 와이셔츠에 검정 조끼를 걸치고. 가슴팍에 단 아크릴 명찰이 반짝거리지. 명찰에 적힌 닉네임은 안개로션. 강만호와 윤덕호가 이 일을 소개시켜 주었어. 내 직업은 거대하지만 쩍쩍 갈라지게 팍팍한 대도시가 윤기 있게 돌아가도록 로션을 듬뿍 발라 주는 일이지.

그들이 찾아오기 전까지 나는 보광동 반지하방에서 어떻게 살아가야 할지 며칠을 고민했어. 안개얼굴로 할 수 있는 일이 뭔지 도통 알기 어려웠지.

얼굴이 안 보이니 복면이 필요 없는 킬러? 하지만 안개얼굴은 나밖에 없을 테니 더 눈에 띌 테지. 야식 배달? 달걀귀신이 배달한 닭다리를 뜯고 싶어 할 사람은 얼마 없겠지. 양복을 차려입고 보험을 팔면 어때? 불확실한 미래를 위해 투자하는 계획에 불확실한 얼굴이 나타나면 정말 암담하겠더라고. 기술을 배우거나 공장에서 일하기엔 또 눈앞이 너무 캄캄했어.

그렇게 고민하던 차에 두 남자가 나를 다시 찾아왔어.

"돈 벌고 싶어? 그럼 따라오라고."

그사이 여기저기 도망을 다녔는지 다시 풀풀 냄새를 풍기기 시작한 윤덕호가 은밀한 목소리로 말했지.

나는 강만호가 운전하는 차를 타고 대학로 너머 수유리로 향했어. 강만호가 운전하는 내내 윤덕호는 조수석에서 팔짱을 끼고 투덜댔어.

"최소 이 년 써먹을 거 생각하고 엄청 당겨쓴 거 알아? 그런데 반년 쓰고 털렸으니."

그는 커다란 얼굴이 제대로 가려지지도 않는 야구 모자의 챙을 더 아래로 푹 눌러썼어.

"마음 같아선 원양어선에 팔아넘길까 그런 생각까지 했어. 평생 참치나 잡다 죽으라고. 하지만 이왕 떠나는 김에 마지막으로 한국에서 덕 좀 쌓고 가기로 결정했지. 내가 또 의리 하나는 있는 놈 아니냐?"

나는 윤덕호가 큰돈을 못 버는 이유는 말이 너무 많아서가 아닐까 싶었어. 말은 많은데 정작 생각은 별로 없는 인간이 떡호였어.

"숨어 있는 동안 네가 무슨 일을 할 수 있을지 생각했어. 우리가 없어도 넌 먹고는 살아야 할 것 같아서."

강만호는 그렇게 말하고서 씩 웃었어.

강만호가 운전하는 차는 수유리 나이트클럽 앞에 멈췄어. 지하로 내려가자마자 귀가 아프도록 들려오는 음악 소리에 골이 다 얼얼했어.

나이트클럽의 업주는 강만호의 외모와 윤덕호의 머리를 합친 인상이더라고. 시커먼 얼굴에 덩치가 크고 어깨가 넓고. 겉보기엔 사나워 보이지만 말 몇 마디만 섞어 보면 보통 아니게 잔머리를 굴리는 게 보였어. 절대 손해 볼 짓은 안 할 사내가 분명했어. 지하 세계의 예쁜이라 할 이 남자는 바윗 덩어리로 만든 여우였지.

바위여우는 담배를 손에 쥐고 내 얼굴을 빤히 바라보다 재떨이에 가래를 뱉었어.

"우선 여기서 일하는 조건으로 선 계약금 내고. 그다음은 알아서 단골들 물어 오고. 오늘은 그냥 여기가 어떻게 돌아가는지 한번 보고. 정 못하겠음 일찌감치 때려 치우고. 겨우 이것도 못하면 사내자식이 아닌 거고."

그는 담배를 입에 물고 자리에서 일어나 요란한 어둠 속으로 홀쩍 사라졌어.

바위여우가 사라지고서 세 사람은 그곳에서 마지막 건배를 했어. 채 한 시간도 지나지 않았는데 머릿속에서 자전거 페달 밟는 소리가 들리는 것 같았어. 술에 취해서가 아니었어. 조명은 요란하고 음악 소리는 귀싸대기를 때리고 사람들은 너무 많은데다 괴성까지 지르니. 안개소문 시절에 제법 덕더글덕더글한 상황에 익숙해졌지만, 이건 죽겠더라고.

강만호가 툭 내 어깨를 쳤어. 그는 내가 음악을 무서워한다는 걸 고백한 유일한 사람이었지.

"생각을 바꿔 봐. 음악에 겁먹지 마. 그냥 엄청나게 비가 쏟아지는 거야, 이 지하로."

그러고 보니 스테이지 위에 올라가 몸을 흔드는 사람들은 모두 다 젖어 있었어. 머리부터 발끝까지. 머릿속부터 바지 속까지. 빗속에서 그들은 어깨와 엉덩이와 다리를 흔들었어. 번개처럼 팡팡 터지는 조명 속에서 그들은 얼굴 없는 사람이 되었다가 다시 얼굴이 보이곤 했지. 다들 낮에 쓰고 있던 얼굴을 획획 내던지는 곳이 여기였어.

나는 눈을 감고 엄청난 빗소리의 리듬을 익히려 애썼어.

비의 리듬이 들려왔지.

개로션 개로션 개로션 개로…… 개로…… 개로…… 개로 로로로 개로로로로 개로션.

어두운 밤 지하로 내리는 시끄러운 빗소리는 그리 들렸어.

새벽이 오기 전에 인천으로 떠나야 해서 강만호와 윤덕호는 먼저 일어났어. 두 남자는 중국으로 도망쳐 거기서 일을 벌일 작정이라고 했어. 윤덕호는 한국보다 넓은 대륙에서 지금보다 더 씨발놈으로 살 거라고 했어. 내 고향, 내 땅이 아니니 훨씬 더 당당하게 나쁜 짓을 할 수 있을 거라면서. 따라나서려 하자 윤덕호가 내 어깨를 지그시 눌러 제자리에 앉혔어.

"그냥 있어. 우린 이제 영영 안 올 거니까."

윤덕호는 그러고서 입가를 우물거렸어. 평소처럼 주먹을 입에 물고 깨물진 않았지만. 강만호는 배낭에서 주섬주섬 하얀 플라스틱 가면을 꺼냈어. 낯간지럽게 작별 선물이란 말은 하지 않았지만 어쨌든 선물이라면서.

"밝은 대낮에 명함 돌릴 땐 이걸 써. 그 얼굴로 환한 대낮에 돌아다니지 말고."

가면에는 아무 표정이 없었어. 눈에는 아주 작은 눈구멍이 뚫려 있었어. 하얀 입술 틈새로 가늘게 숨구멍이 트여 있었고.

내가 무슨 말인가 하려는데 그들은 배를 놓치겠다며 서둘러 떠났어. 나는 가면을 들고 개로션 개로션 개로로로, 빗줄기가 떨어지는 곳에 홀로 남았어. 가면을 얼굴에 썼어. 우윳빛 얼굴을 손으로 만져 보니 매끈매끈했어. 안개로션에 어울리는 얼굴이었지.

2.

낮에는 로션가면을 써. 밤에는 가면을 벗고 타인과 타인 사이에 달콤한 연결 고리가 되어 주지. 물론 머리에는 카우보이모자나 중절모 따위를 써. 아무것도 안 쓰고 돌아다니면 어딘지 벌거벗은 것 같더라고.

나이트클럽을 찾아온 손님들은 마음이 헐떡대는 이곳에서 안개로션을 별로 무서워하지 않아. 오히려 내가 일하는 곳은 안개로션 웨이터 덕에 더 유명해졌지. 여기서 달걀귀신은 껍질 벗긴 삶은 달걀처럼 만만하지. 오히려 부킹을 걸어온 남자 손님의 목소리를 여자 손님 앞에서 멋지게 흉내 내면 다들 뒤집어졌어. 안개소문 시절의 일을 물어보는 손님들도 있는데, 혹시 안개소문이 아니라 그 유명세를 타기 위해 안개를 이식한 짝퉁이 아니냐며 의심까지 했어. 야구 선수 박찬호가 아닌 박찬호의 이름을 빌린 웨이터 박찬호처럼. 또 얼굴이 안 보여 믿을 만하다고 말하는 손님들이 있는데 그 이유는 알 만한 사람은 알겠지.

지나를 만난 건 일을 한 지 반년쯤 지났을 때였어. 화장실 근처에서 누군가 이쪽을 쳐다보는 시선이 느껴져 고개를 돌려 보니 지나였어. 나와 눈이 마주치자 지나는 어색하게 웃더니 내 쪽으로 다가왔어.

살을 더 뺐는지 가뜩이나 작은 체구였던 지나는 더 작아 보였어. 코가 약간 높아진 것 같은데, 화장 때문인지 아니면 조금 손을 봤는지 모르겠지만, 다행히 약간 작은 눈은 그대로였어. 여성스러워지긴 했지만 옷차림이 나이트클럽에 어울리진 않았어. 청바지에 편안한, 그리 타이트하지 않은 티셔츠 차림이었어.

"시험 끝나서 친구들하고 놀러 왔어."

지나의 말에 나는 고개를 끄덕였어.

"어떻게 지내?"

"그냥 대학생이야."

지나는 간단하게 말했지만 나는 '그냥 대학생'을 잘 모르

겠더라고. 처음 만나던 날 지나가 털어놓았던 대한민국 고등
학생의 고민에 대해 도통 몰랐던 것처럼.

"난 어떻게 지냈는지 알아?"

지나는 잠시 골똘히 생각하는 눈치더니 고개를 끄덕였어.

"텔레비전하고 인터넷 동영상하고 다 봤어."

입가에 미소를 짓고 나를 바라보던 지나의 표정이 어느 순
간 살짝 굳었어.

"안 보여."

"뭐가?"

"네 얼굴. 이제 안 보이나 봐."

"여기가 어두워서 그렇겠지."

"아니, 그런 건 아니야. 정말 안 보여. 안개가 더 짙어진 것
같아."

안개소년, 안개소문, 안개로션의 얼굴이 어떻게 생겼는지
나는 지나에게 설명을 못하겠더라고. 나도 내 얼굴을 모르니
까. 하지만 그간 무슨 일이 있었는지, 어떻게 안개소년이 안
개로션으로 변했는지 말해 줄 순 있었어. 바로 내 목소리로.

"나한테 무슨 일이 있었는지 안 궁금해?"

"다 알아. 아까도 말했잖아. 다 봤어. 텔레비전, 네가 찍은
동영상……."

"그게 다가 아니야. 눈으로 보는 건 전부가 아니야. 그건 잘려진 거야. 바로 눈앞에서 목소리를 들어야 돼. 그래야 어떤 일이 벌어졌는지 알 수 있다니까."

지나는 고개를 끄덕이고 호주머니에서 휴대폰을 꺼내 몇 시인지 살펴보았어. 그녀는 입술을 살짝 깨물었어.

"친구들한테 가봐야겠다. 기다릴 거야."

"나는 여전히 밤에 여기 있어. 언제든 여기 오면 날 볼 수 있어."

나는 그녀에게 휴대폰 번호를 가르쳐 주었어.

지나는 고개를 끄덕였지만 휴대폰에 전화번호를 입력하진 않았어. 나는 그녀의 연락처를 묻지 않았지만 지나의 표정을 읽었어. 개로션 개로션…… 비가 내리는 이 지하로 찾아오진 않을 거라 생각했어. 지나가 보이지 않자 나는 깨달았어. 나는 지나를 좋아한 게 아니었다는 걸 말이야. 그건 그저 새로운 세상에 대한 동경이었어. 똑똑한 지나는 처음부터 그걸 알고 있었던 거겠지.

3.

로즈마리는 낮에 돈을 벌어. 보광동에 있는 아파트를 쓸고 닦고 청소해. 내가 돈을 벌어 오긴 하지만 집에 가만 드러누워 있는 일은 좀이 쑤신다며 일을 찾았지. 일하는 시간이 달라서 외할머니와 손자는 자주 만날 기회가 없었어. 일주일에 한 번 내가 쉬는 날 저녁 먹을 때나 얼굴을 보는 거지. 대신 그날의 밥상은 아주 푸짐하지만.

지나와 다시 만난 지 얼마 되지 않은 뒤였어. 저녁밥을 먹다 말고 로즈마리는 말없이 눈물을 뚝뚝 흘렸어. 맛 좋은 냄새를 풍기는 불고기를 앞에 두고서.

"왜 울고 그래?"

처음에 나는 외할머니가 달걀귀신 손자가 기특해서 그러는 줄 알았지. 달걀귀신으로 태어나 평생 반지하방에서 업보로 붙어 있을 것 같던 녀석이 둘이 먹을 소고기 값 정도는 벌어 오니까. 하지만 아니었어.

"나 죽게 생겼어, 어쩌니?"

"로즈마리, 어디 안 좋아?"

로즈마리는 고개를 저었어. 검버섯이 피긴 했지만 주름 하나 없이 고운 손으로 눈가를 지그시 눌렀어. 로즈마리는 예전에 그리 말했지. 손이 늙으면 여자는 끝난다고. 남자가 여자를 진정 간절하게 느끼는 부분은 포근하게 닿는 작고 보드라운 손이라고. 그 손이 두꺼비 등껍질로 변하면 모든 걸 잃은 셈이라고.

로즈마리는 아직 손이 고왔어. 그녀는 사랑에 빠졌어. 아파트 경비로 일하는 동갑내기 홀아비와 늘그막에 말장난으로 소꿉놀이를 하다가.

은행 중간 간부로 일하던 남자는 IMF 탓에 자의 반 타의 반 사표를 내고 치킨집을 차렸어. 수많은 치킨집들이 망해 갔지만 목이 좋은 곳을 선점한 탓에 악착같이 튀기면 날개 달린 듯 닭이 팔려 나갔지. 아이들 공부를 시키고 아파트를 두 채나 가졌지만 뇌경색으로 쓰러진 아내는 허망하게 세상을 떴어. 혼자 남은 남자는 치킨집을 정리하고 큰 아파트 하나는 아들에게 물려주고 본인은 작은 아파트에 들어앉았어. 하지만 평생 일만 하며 산 남자라 혼자 있는 집은 커다란 상여처럼 숨이 막혔다는군. 남자는 다시 일을 시작했지. 그는 평생 나쁜 남자도 좋은 남자도 아니었어. 그저 일을 하지 않으면 의미가 없는 남자였을 뿐. 그래서 아파트 경비 일을 시작했어. 돈 때문이 아니라 인간으로 살기 위해.

로즈마리는 처음에 그 경비에게 별 관심이 없었어. 그저 체구가 작고 백발의 머리숱만 많은 말 없는 늙은이라고 생각했을 뿐이었어. 어느 날 아파트 앞 화단에 떨어진 쓰레기를 집게로 줍고 있는데 그 노인이 말을 걸었어. 꽃이 참 곱죠. 그 말에 로즈마리는 미소를 지으며 답했지만 속으로는 콧방귀를 꾀었어. 늙어도 사내는 사내라고 수작 걸긴. 노인은 다시 한숨을 내쉬듯 말했어. 이 나이가 될 때까지 꽃이 예쁜 줄 몰랐어요. 그냥 참 쓸데없다 여겼죠. 로즈마리는 노인을 빤히 바라보았어. 난 여전히 꽃이 별로라서. 맘만 먹으면 남들이 쉽사리 꺾어 버리잖우. 로즈마리는 딱 떨어지는 목소리로 대답했어. 남자는 고개를 끄덕이고 아무 말 없이 다시 경비실로 들어갔어.

다음 날 그들은 몇 마디 말을 나누었어. 긴 듯 보이나 짧고 토막 난. 그들이 살아온 세월을 닮은. 하지만 그 의미 없는 말들이 어느새 서로를 그리워하게 했지. 그들의 대화는 시간과 감정과 상처가 엉켜 점점 더 솜이불처럼 두꺼워졌어. 남자는 아내 없이 홀로 남아 살아가는 이야기며 평생 모범 가장으로 살다 장년의 어느 날 꽃뱀에게 속아 대책 없이 바람난 이야기까지 주책없이 털어놨어. 로즈마리 역시 많은 이야기를 떠들었어. 고아였고 상처 입고 힘들게 세월과 싸우며 살았다고. 손은 곱지만 속은 피멍이 장난 아니라고. 하지만 '아이 러브 유'라는 말을 처음 가르쳐 준 거구의 딸기괴물 이야기나 달걀귀신 손자에 대해서는 입도 뻥긋 안 했지.

"사람이 말이야, 솔직해야지. 도대체 그건 언제 이야기할 건데?"

내 질문에 로즈마리는 휴지로 눈물을 닦았어.

"남자한테 어떻게 민얼굴을 보여 주니. 상처 입은 얼굴을 어찌 달래 주는지도 모르는데."

로즈마리는 다시 훌쩍였어. 보리차를 마시고 프러포즈 받은 이야기까지 했어. 늙은이의 수작을 비웃을 작정이었는데 이상하게 가슴이 콩닥거려 죽는 줄 알았다고. 그런 본인이 너무 웃겼다고. 다 늙어서 시작한 사랑이 지금까지 해본 사랑 중에 제일 설레고 순수하게 여겨진다니. 평생 미친년처럼 살다 갈 때 되니 이제 정말 미치나 보다고.

"늙어서 주책이긴 한데 사랑하며 살아 보고 싶지 뭐니. 같이 밥 먹고 산책하고 그냥 쓸데없는 농담이나 하면서. 물론 그렇다는 거야. 그렇게 하겠다는 건 아냐. 그러니까 이 할머니가 얼마나 마음고생 하며 사는 줄 좀 알아라, 이 인간아."

나는 밥 한 그릇을 안개 속으로 뚝딱 밀어 넣고서 고개를 끄덕였어.

"잘됐네. 결혼하셔. 난 여기서 혼자 살아도 괜찮아. 뭐가 문제야? 소고기 값은 버는데."

로즈마리는 안개에 가려진 내 얼굴을 빤히 바라보았어.

"싫다, 야. 같이 살려면 내 구린 구석까지 다 이야기해야 되잖아. 그냥 추억으로 꾹꾹 묻어 두련다."

로즈마리는 손을 내젓고 깔깔대고 웃었어. 하지만 다시 눈에 눈물이 고이더라고. 나는 눈앞이 흐릿한 대신 눈물이 하는 말을 들을 수 있었어. 보이는 것에 감춰진 보이지 않는 것이 읽히더라고.

나는 며칠 동안 로즈마리를 구워삶았어. 달걀귀신 손자를 떠날 때가 되었다고. 떠날 때는 서로 신나게.

한 달 후에 로즈마리는 보광동 성당에서 조촐하게 결혼식을 올렸어. 물론 나는 그곳에 일부러 찾아가지 않았어. 나를 길러 준 외할머니에 대한 처음이자 마지막 선물이었지.

4.

나는 밤에 사람들을 만나지. 어느 날 나이트클럽 룸에서 한 손님이 나를 찾는다고 거야. 부킹이라며 다른 웨이터에게 안개로션을 데려오라고.

"끝내주게 미인이던데. 이 얼굴이 여자한테 먹히는 얼굴이야?"

동료 웨이터가 팔꿈치로 내 옆구리를 툭 쳤어.

나는 누가 찾아왔는지 언뜻 짐작이 가더라고.

룸으로 들어가니 역시나 안이 홀로 앉아 술을 마시고 있었어. 너무 오랜만이었지만 엊그제 만난 사람처럼 마음이 편해졌지. 나는 그녀 앞에서 카우보이모자를 벗고 안개얼굴을 그대로 드러냈어. 뭐랄까, 백 퍼센트 안개얼굴을 안 무서워하는 여자가 바로 안이었으니까.

"오랜만이네요."

안이 담배에 불을 붙인 후 연기를 내뱉었어.

안은 짧은 민소매에 청바지 차림이었어. 헤어스타일도 단발보다 약간 더 긴 정도. 그녀가 고개를 가볍게 흔들자 형광색 플라스틱 링 귀걸이가 찰랑거렸어. 성숙해 보이는 안의 분위기와는 조금 어울리지 않는 발랄한 옷차림이었지.

"우와, 정말 훨씬 더 젊어지셨는데요."

"안개로션…… 정말 웨이터가 다 됐군요."

그녀는 입가에 미소를 띠고 살짝 물러나 앉았어. 나는 그녀 옆에 앉았지. 우리는 많은 이야기를 했어. 안은 예쁜이와 헤어진 후 사업을 시작했다고 했어. 주로 중국과 동남아 등지에 한국 옷을 수출하는 일이었지. 곧 귀금속도 취급할 생각이고. 나는 웨이터 생활의 노고에 대해, 그리고 로즈마리의 결혼에 대해 말했어. 우리의 대화는 시간이 지날수록 느글느글한 존대에서 폭신폭신한 말투로 흘러갔어.

"그럼, 이젠 보광동 반지하방에서 혼자 사는 거야?"

나는 고개를 끄덕였어.

"거긴 너무 답답하지 않아? 이제 좀 높은 곳으로 올라오지 그래."

안이 고개를 돌려 나를 빤히 바라보았어. 흐릿한 안개얼굴이었지만 안의 아름다운 표정은 고스란히 읽혔어.

나는 안의 입술을 손가락으로 어루만졌어. 그녀의 도톰한 입술이 부드럽게 열렸어. 안은 안개에 손을 뻗어 내 얼굴을 쓰다듬었어. 서로에 대해 이미 많은 것을 아는 사람처럼. 그녀는 내 셔츠 속으로 손을 뻗어 지퍼처럼 생긴 맨살의 흉터를 어루만졌어. 안개소년, 안개소문, 안개로션. 수많은 나의 얼굴들이 그녀와의 포옹 속에 스쳐 갔어. 그녀는 흉터 위로 손을 움직이다 그만 멈칫거렸어. 짧은 시간에 두 사람 사이의 감정이 뚝뚝 끊겨 버렸지.

"결혼은 했어요?"

나는 자연스럽게 그녀의 손목을 잡고 셔츠 밖으로 빼내며 물었어. 그녀가 자그마한 소리로 풋 웃었어.

"그게 궁금해? 나는 평생 여러 사람을 거느리고 살려고. 외롭지도 않고 무서운 것도 없는 사람이니까. 물론 가끔 무서워질 때가 있긴 해. 그러니까…… 귀에 예쁜이의 목소리가 어른거릴 때. 내 옆에 없는데 마치 옆에서 나를 조종하는 것처럼."

안은 잠시 아무 말도 하지 않다가 옷을 추스르고 물러나 앉았어.

"참, 알고 있지? 예쁜이 소식."

방금 전까지의 일이 안개 속에서만 벌어진 일인 것처럼 안의 목소리는 담담했어.

"아니요. 뭐, 큰 병이라도 걸렸대요?"

"신문이나 텔레비전에서 본 적 없어?"

나는 고개를 저었어.

"하긴, 요샌 매스컴을 기피하니까. 하지만 늘 선글라스를 쓰고 다녀. 그 사진이 몇 번 신문기사에 나왔어."

안의 말을 듣자마자 무슨 일이 벌어졌는지 알 것 같았어.

"예쁜이가 어떤 기분일지 짐작이 가?"

"아마 엄청 무서울걸요, 눈동자로 안개가 밀어닥쳤으니. 거울에 자기 얼굴이 비치지 않으면 이 세상에 아예 없는 기분이 들겠죠. 게다가 아무리 아름다운 여자라도 얼굴 없는 조약돌로만 보이겠죠."

안이 약간 찡그린 얼굴로 나를 바라봤어.

"그럼, 안개소년 눈에도 내가 조약돌로 보여?"

"에이, 그건 아니죠. 나는 안개 속에서 오래 살았지만 눈동자가 가려진 건 아니에요. 아무리 세상이 흐릿하게 보여도 아름다운 건 두 눈으로 똑똑히 본다고요."

내가 안에게로 가까이 다가가자 그녀는 가볍게 내 얼굴을 손으로 떠밀었어.

"순전히 사탕발림만 늘었구나."

그녀는 옆에 놓아둔 핸드백을 움켜쥐었어. 하지만 자리에서 일어날 생각은 안 했어. 묻고 싶은 말이 있지만 입을 떼지 못하는 눈치였어.

나는 술 한 잔을 직접 따라 단숨에 들이켰어.

"이제 그만 가보셔야죠? 저도 엄청 바빠요, 여기서는."

취기가 더 오르기 전에 그렇게 말해 버렸어.

"바빠서 좋겠네. 그러잖아도 돌아갈 생각이었어. 사실 난 이렇게 시끄러운 데는 취미에 안 맞는 사람이니까."

나는 안을 룸 밖으로 배웅해 주었어. 안이 뒤돌아선 채 무슨 말인가를 짧게 내뱉었어. 개로션 개로션……. 음악 소리에 파묻혀 잘 들리진 않았어. 나는 안의 표정을 읽었으나 일부러 못 들은 척했어. 무언가 그녀에게 말하고 싶은 이야기가 있었지만 그냥 입을 다물었지.

5.

나는 일주일에 한 번 밤에 돌아다녀. 안개소년의 모습으로. 그날은 쉬는 날. 나는 반지하방에서 혼자 텔레비전을 보다 자정이 가까워지면 욕실로 들어가. 샤워를 하고 비누로 오래 얼굴을 씻고 거울을 보지.

약간 더 뒤로 물러나 벌거벗은 맨몸을 봐. 내 몸은 새로운 비밀을 키우는 두 손 두 발 달린 안개샬레. 안개로션이 된 후로 내 몸에 변화가 일어났어. 다른 안개남자들처럼 살갗에 안개가 번지진 않았어. 그저 내 옆구리에 손바닥만 한 흉터가 생겼어. 희미하게 안개로 변해서 잡히지 않는 흉터. 다행히 로즈마리는 그 사실을 모르고 시집갔어. 안은 아마 내 몸의 비밀을 그날 깨달았을 거야. 두 여자는 내가 이 세상에서 사라진다는 걸 알면 그래도 아주 가끔은 울적한 안개에 휩싸여 살아갈 사람들이겠지.

내 몸은 여전히 미지수였어. 옆구리의 뿌연 안개는 아예 만져지지 않지만 나는 여전히 밥을 먹고 일을 하고 돌아다니니까. 가끔은 달걀귀신보다 훨씬 무서운 안개귀신으로 변해가는 건 아닐지 겁이 났어. 달걀귀신은 얼굴이나마 있지만 안개귀신은 얼굴도 없는 형편이고…….

나는 세면대 옆에 놓인 휴대폰으로 셀카를 찍어. 조그마한 찰칵찰칵 소리는 예민한 내 귀에 여전히 탕탕탕탕, 이렇게 들려. 매일 밤 그렇게 특별한 권총으로 나를 쏴. 새로 개발한 나만의 놀이법. 언젠가는 죽는 것. 존재가 흩어질 때를, 안개가 온몸으로 번지는 순간을 두려워하지 않기 위해.

욕실에서 나와 옷을 입고 마지막으로 미키마우스가 그려진 후드티를 걸쳐.

파란 버스를 타는 대신 그냥 걷지. 어느덧 한남대교에 이르러 다리로 올라가. 잠시 산책을 멈추고 다리 위에서 아래를 내려다봐.

늦은 밤 새카맣게 변한 한강은 철벅철벅 재잘거려. 입술 아닌 입술로. 목소리 아닌 목소리로. 그래, 너와 나는 둘 다 입은 없고 목소리만 있지. 나는 한참 동안 서서 검은 강이 뭐라 떠드는지 귀 기울여. 말로 설명할 순 없지만 나는 흐르는 물이 떠드는 목소리가 어떤 뉘앙스인지 대충 알아들었어. 그건 이런 거야.

흘러간다, 더럽게, 쓰레기를 품고서. 하지만 나는 흘러간다, 삼켜 버리고, 영원히 쿵쾅대는 심장처럼.

어느 길에서 안개소년의 손발 같은 두 글자 '소년'은 뚝 떨어지고 그냥 안개로 흩어지겠지. 하지만 맥없이 사라져도 어느 날인가 다시 아무렇지 않은 척 나타날 거라 나는 믿어. 안개란 원체 그런 거니까.

당신은 수많은 이들이 오가는 늦은 밤의 번화가를 홀로 걸어. 시끄럽게 떠드는 사람들의 목소리는 어떤 이들에겐 빗소리처럼 들릴 테지. 하지만 걸음을 멈추고 귀 기울이면 시끄러운 밤의 빗줄기 사이로 반가운 목소리가 말을 걸 거야.

나는 당신처럼 밤에 돌아다녀요.

1. 소설

『보광동 안개소년』의 초고 제목은 '흐릿한 남자'였다. 초고
에는 안개소년 대신 사람들 사이를 돌아다니는 안개사나이
가 등장한다.

얼굴 없는 안개사나이가 '흐릿한 남자'의 주인공은 아니었
다. 안개사나이를 관찰하는 '강만호'와 '남지나'라는 삼십 대
부부가 화자이자 주인공이었다. 남편 강만호는 제자와 비밀
스러운 관계를 맺고 있는 고등학교 교사다. 아내 남지나는
아마추어 동화 작가를 꿈꾸는 가정주부로 가족들에게 다중
인격장애를 숨기고 있다. 어느 날 이 평범한 부부 곁에 안개

사나이가 나타나 주위를 빙빙 맴돈다. 그는 안개얼굴로 나타났다 사라질 뿐 부부에게 말 한마디 걸지 않는다. 있는 듯 없는 듯 돈도 뜯어내지 않고 겁만 주는 희한한 불량배 같은 존재가 안개사나이였다. 안개사나이는 서서히 부부의 일상으로 파고든다. 남편과 아내는 각기 다른 방식으로 안개사나이의 존재에 대해 추리하고 고민하기 시작한다. 강만호와 남지나의 고민이 깊어지는 동시에 부부의 숨겨진 괴물성이 표면에 드러나는 것이 '흐릿한 남자'의 스토리였다. 어둡고 흐릿한 소설을 쓸 계획이었다.

'흐릿한 남자'는 생각보다 잘 풀리지 않았다. 어딘지 답답했다. 노트북 옆에 얼굴 없는 누군가가 팔짱을 끼고 겁을 주는 기분이었다.

달걀귀신을 닮은 안개소년은 안개사나이를 귀엽게 희화화한 인물이었다. 초반에서 중반부로 넘어갈 무렵 아내 남지나가 쓴 '안개소년과 34인의 목소리'라는 동화에 등장한다. 소설 속 액자 동화인 셈이었다. 안개소년이 등장하자 의외로 글에 빠르게 속도가 붙었다. 반나절쯤 진지하게 고민하다 앞의 이야기를 모두 삭제했다. 그리고 소설 속 동화 '안개소년과 34인의 목소리'에서부터 소설을 시작했다.

나는 밤에 돌아다녀요, 하는 데에서부터.

결국 처음부터 끝까지 안개소년의 이야기로 끝을 맺었다.

말 없는 안개사나이는 그렇게 목소리를 얻었다. 반대로 주인공 부부—강만호, 남지나—는 소설 속에서 남남이 된 것도 모자라 비중까지 훨씬 줄어든 역할에 만족해야 했다. 안타까운 일이다.

2. 소년

어쩐지 끼워 맞추기 같지만 소년과 안개와 소설(쓰기)은 비슷한 구석이 있지 않나 싶다. 하루하루 똑같게 흐르지만 제대로 앞이 보이지 않는 나날, 진창 속에서 발을 헛디디면서도 괜히 혼자 쿡쿡 웃는 머저리 같음, 남들 앞에 빤히 드러나면 어딘가 우스꽝스럽기 짝이 없는 얼굴, 손에 잡히지 않는 대상에 대한 미칠 것 같은 열망, 제대로 본질을 보진 못하지만 빨리 달려가 붙잡으면 어쨌든 내 것이 되리란 믿음, 무뚝뚝함과 자지러지는 웃음 사이의 빠른 왕복, 날밤을 보내고 새벽이 올 무렵 담배 냄새와 눅눅한 공기가 뒤섞일 때의 어떤 체취.

그렇다면 안개가 흩어지는 순간 소년은 성숙한 어른의 얼굴을 찾는 걸까? 아마 답은 다들 알고 있으리라 생각한다. 우린 모두 안개의 시절을 겪었을 테니.

3. 안개

알다시피 안개는 흩어졌다 사라지지 않고 이곳으로 돌아온다. 신호에 맞춰 왔다 가는 횡단보도 같은 세계의 귓바퀴를 핥으러.

아가미 | 구병모 장편소설

죽음과 맞닥뜨린 순간, 생을 향한 몸부림으로 아가미를 갖게 된 남자와 그를 사랑한 이들의 가혹한 운명을 그린 소설. 작가 특유의 상상력과 개성 넘치는 서사로 절망적인 현실을 판타지적 요소로 반전시킨 참혹하면서도 아름답기 그지없는 작품이다.

일곱 개의 고양이 눈 | 최제훈 장편소설

무한대로 뻗어가지만 결코 반복되지 않는, 단 한 편의 완벽한 미스터리를 꿈꾸다! 하나의 코드 혹은 전체의 서사를 엮어 계속해서 생성되고 소멸되는 이야기의 향연. 출구를 찾을 수 없는 미로 같은 이번 작품은 작가의 무한한 상상력의 결정판이다.

그녀의 집은 어디인가 | 장은진 장편소설

온몸에 전기가 흐르는 여자 제이와 상처를 간직한 채 살아가는 불우한 두 남자 와이와 케이가 제이의 집을 찾아다니는 두 달간의 여정을 보여주는 소설. '고립'과 '소통'에 대한 고민을 따뜻한 어조로 깊고 풍부하게 그려낸 작품이다.

옷의 시간들 | 김희진 장편소설

시대에 소외받고 상처받은 현대들이 모여 시름을 나누는 곳, 빨래방. 그곳에서 지금 막 이별한 여자와 이별을 준비하는 남자가 만났다. 누구나 겪을 수밖에 없는 '관계'의 문제를 톡톡 튀는 문장과 무겁지 않은 서사로 경쾌하게 그려 낸 김희진의 신작 장편소설.

키위새 날다 | 구경미 장편소설

아내의 죽음을 국제상사 여주인 탓으로 돌리는 아버지. 큰
딸 은수와 막내아들 경수는 아버지의 복수극에 반강제로
가담하게 되는데……. 느닷없는 복수극을 통해 슬픔을 극
복해 나가는 은수네의 유쾌하면서도 애잔한 이야기가 펼
쳐진다.

15번 진짜 안 와 | 박상 장편소설

삶의 갭을 극복하기 위한 박상의 현실 초월 멜로디! 세상
의 경계와 한계에 치여 '선을 넘어버릴 테다'라고 선언한
후 런던으로 떠나버린 고남일의 포기할 수 없는 것에 대
한, 살아 있는 것에 대한, 끝내 살아남는 것에 대한 이야
기.

라이팅 클럽 | 강영숙 장편소설

글쓰기를 빼놓고는 그 삶을 상상조차 할 수 없는 두 여자,
평생 '작가 지망생'으로 살아온 싱글맘 김 작가와 그녀의
딸 영인. 글쓰기란 삶 전체를 대가로 하는 모험일 수밖에
없다는 것을 온몸으로 증명하는 이 두 여자의 이야기.

오렌지 리퍼블릭 | 노희준 장편소설

1990년대 강남 오렌지들의 이야기! 타자화된 욕망에 의
해 움직이던 주인공 '준우'가 하나의 주체로 서게 되기까
지의 여정을 그린 성장소설. 강남 오렌지들의 유복함 뒤의
상처와 공허, 분노가 작가의 경험을 바탕으로 매우 생생히
그려져 있다.

비즈니스 | 박범신 장편소설

국내 최초 한·중 동시 연재, 동시 출간! 천민자본주의의 비정한 생리에 일상과 내면이 파괴되어가는 사람들의 풍경을 서늘한 만큼 날카로우면서도 가슴 저리게 그려낸 박범신의 새 장편소설.

길 위의 시대 | 장원 장편소설 · 허유영 옮김

한·중 동시 연재, 동시 출간! 국내 최초로 소개되는 중국의 대표 작가, 장원 장편소설. 시의 낭만으로 충만했던 1980년대, 순수를 좇아 중국의 광활한 황토 고원을 유랑하는 젊은이들의 사랑과 열정, 그리고 그 뒤에 찾아오는 상실의 비극을 그린다.

브로콜리 평원의 혈투 | 듀나 소설집

흡입력 있는 소설을 쓰는 작가, 듀나의 새 소설집. 판타스틱하면서도 괴기스럽고, 때로는 당혹스럽기까지 한 거대 우주 프로젝트들, 시공간을 초월한 음모와 비밀들이 거침없이 펼쳐진다.

살인자의 편지 | 유현산 장편소설

제2회 자음과모음 네오픽션상 수상작. 아무런 흔적도 없이 교수형 매듭의 밧줄을 이용해 연쇄살인을 하는 범인, 그를 추적하는 사람들의 이야기가 등장인물의 심리와 내면에 초점을 맞춰 설득력 있고 박진감 넘치게 전개된다.

A l 하성란 장편소설

전대미문의 참사 '오대양 사건'을 모티프 삼아, 한 시멘트 공장에서 일어난 의문의 집단 자살을 그렸다. 작가는 소설 속 인물들이, 그리고 소설 밖 우리들이 벼랑 끝에 서 있음을 가감 없이 보여준다.

소현 l 김인숙 장편소설

소현세자의 숨 막히는 운명과 대격변의 정점에 놓여 있던 조선의 얼굴을 장대하면서도 섬세하게 그린 소설. 청나라가 명나라와의 전쟁에서 승리를 거두고 중국 대륙을 제패하던 시점, 소현세자가 볼모 생활을 마치고 환국하던 1645년 전후의 이야기를 담고 있다.

4월의 물고기 l 권지예 장편소설

"얼마나 더 사랑할 수 있을까?" 천사와 악마를 동시에 사랑한 한 여자의 애절한 사랑. 선과 악이 얽힌 인간의 양면적 본성을 파헤치며 엉킨 실타래처럼 복잡한 사랑의 내면을 조심스럽게 들춰낸다.

페이스 쇼퍼 l 정수현 장편소설

튜닝 시대, 성형 왕국인 21세기, 아름다움을 사고파는 성형 이야기! 유지하고 싶은 젊음, 독점하고 싶은 아름다움을 무기로 행복을 사냥하는 사람들, 페이스 쇼퍼를 통해 새로운 시각으로 '성형'을 말한다.

보광동 안개소년

© 박진규, 2011

초판 1쇄 인쇄 2011년 4월 21일
초판 1쇄 발행 2011년 5월 6일

지은이   박진규
펴낸이   강병철
주간   정은영
책임편집   신주식
편집   이수경
디자인   여만엽 배현정
제작   장성준 김우진
영업   조광진 안재임 서상원 박형문 강정수
마케팅   원종필 정지운 박제연

펴낸곳   자음과모음
출판등록   2001년 5월 8일 제20-222호
주소   121-753 서울시 마포구 동교동 165-1 미래프라자빌딩 7층
전화   편집부 02) 324-2347 총무부 02) 325-6047
팩스   편집부 02) 324-2348 총무부 02) 2648-1311
이메일   neofiction@jamobook.com
홈페이지   www.jamo21.net

ISBN 978-89-5707-563-0 (03810)